TO

小指物語

二宮敦人

TO文庫

小指物語

目次

一章　死なない自殺　紫編……7
二章　生きるための自殺　K編……69
三章　生きるためでも死ぬためでもない自殺　小指編……185
終章　生きるための死なない自殺　俗物編……255

一章　死なない自殺　紫編

妹☘ミサエ

私は鍵をドアの鍵穴に差し込む。

ひょっこり帰ってきているのではないだろうか。何事もなかったかのように食堂で本を読んでいて、「おかえり」と言ってくれるのではないだろうか。無意識のうちに期待して、それでもその期待を意識して抑え込み、私は鍵をひねる。かちりと音がして、家のドアが開いた。

真っ暗。

「兄さん？」

私は声を出す。けれど、室内からは何の返事もない。

兄さん……本当に、どこ行っちゃったんだろう。

私の奥歯がぎりっと音を立てる。

仕方ない。私は自分の部屋に入ると、鞄をベッドの上に投げ出した。明日の予習をしなくちゃ。でも、そんな気分にはなれない。

足りない。この家には足りない。パズルのピースが一つ外れたまま、完成していない。

でも、そのピースは見つからない。

心がもやもやする。

兄さんがいなくなってから、ずっとそうだ。

「兄さん。今、辛くない？」

私は一人ごとを言う。

返事はない。

兄♰ミサキ

いつからか、僕は東京を見下ろしていた。

信号がピカピカと変わるたびに、豆粒のような人間と車が交互に流れていく。駅から溢れ出てきた人間は、川を水が流れるように大通りを進み、無数のビルに少しずつ吸収されていく。

だいぶ前から眺めていたせいだろうか、ふと「僕は見下ろしている」ということを改めて発見したような気持ちになった。その瞬間、自分がこの世にぽんと生まれ出たようにさえ思えた。

ふうと息を吐く。

僕が飛び降りれば、あの道路に赤いしみがぽつんと広がる。道行く人々はつぶれた虫のような僕から一定の距離を置き、何人かは立ち止まって見入り、何人かは相も変わらず歩いていくだろう。やがて僕の死体は掃除され、流れは元に戻っていく。

とても風が強い。

　ビルの屋上。僕はその端っこで座り込んでいる。お尻でコンクリートの固さを感じながら、足をぶらぶら。背もたれがわりにしている柵は体重を預けるたびにがしゃがしゃとうるさい。この柵を乗り越えた時は、すぐにでも飛び降りてやろうって思っていたのに。ここでぼんやりし始めて、少なくとも三十分は経《た》つだろう。誰かに見つかったらきっと注意されるぞ。お尻を少し動かして、バランスを崩せば僕は落っこちる。目がくらむような高さ。ほんの一瞬で僕の命はおしまいだ。

　別に死ぬのが怖くなったわけじゃない。

　単に、タイミングの取り方がよくわからないだけだ。

　いざこういう所に来てみると、どの瞬間に飛び降りたらいいのか摑《つか》めないものだ。過去にビルから飛んだ先輩たちは、みんなどうしたんだろう？　心の中で数字を数えて、十になったらジャンプしたのだろうか。

　せっかくだから、納得のいくタイミングが欲しいんだよな。何となく、じゃあそろそろ落ちるか……っていうんじゃ、格好悪い気がしてならない。

　誰かが「自殺なんかやめろ！」と僕に叫んでくれたら、えいっと飛び降りることができるかもしれないな。ビルの管理人さんが、屋上のドアから現れて鬼気迫る顔で走ってきてくれれば……。

　僕は振り向く。柵越しに屋上のドアが見えた。

あれ？

ドアが開いている。

閉めたと思ったのだけど。不思議に思いながらもう少し視線を横に進めると、一人の男と目が合った。

「あ……」

しまった。見つかった。

注意される。どうする？　このタイミングで飛び降りるべきか。それとも……。

咄嗟《とっさ》に体が固まる僕。そんな僕を興味なさげに見つめながら、その男はつぶやくように言った。

「やあ、はじめまして。こうして話すのは初めてだね。いや、それは当然か」

「……はじめまして」

なんだこいつ。

やけに馴《な》れ馴《な》れしいな。

灰色。

そいつの第一印象はそんな感じだった。少し長めの黒髪、色素の薄い肌、グレーの瞳。着ているのは黒いジャケットに黒いズボン。ごく標準の体型で、身長は高くも低くもない。年齢の見当はつかなかった。若くはないが年をとっているとも言えない。見る角度によって少年のようにも老人のようにも思えた。

いつからそこにいたんだろう。全然気がつかなかった。

僕はそいつに言う。

「そこで何してるんですか」

「別に何も。君こそ何をしているんだい」

「自殺しようかと思っています」

「ああ、やっぱりそうなんだ」

会話は途切れた。男は手にしたホットドッグの袋を開くと、ソーセージの部分だけ食べ始める。男がソーセージを噛《か》み、皮が破れ、中の肉汁が飛び出る音が聞こえた。

男は景色を眺め、それでいてどこにも焦点を合わせず、ソーセージだけに意識を向けているようだった。柵を挟んで向こう側とこちら側、その間に少し気まずい空気が流れる。

「……止めないんですか？」

沈黙に耐えきれず聞くと、彼はのんびりと顎《あご》を動かし、口の中のソーセージを胃に送ってから答えた。

「止めるべきなのかもしれないな。でも、一応君の意見を聞こう」

「僕の意見？」

「君は止めてほしい？」

「……わかりません」

「そうなんだ」

また、会話は途切れた。男は柵にもたれながら、再びソーセージを噛む作業を続けている。その姿はどこか輪郭線が曖昧《あいまい》に思えた。まるでその存在が出たり消えたりしているみたいだ。彼が灰色に感じられた理由がわかった。気配がビルそっくりなんだ。灰色のコンクリートで固められたビル。あたりに無数にそびえたち、夕陽を浴びているビル。

彼はビルと同じ無関心さで僕の横に立っていた。

「僕、生きているのが嫌になったんです」

ぼそりと口にすると、男も小声で返す。

「なるほどね。何となく、わかるよ。私も無理に止めるつもりはないから、飛び降りるなら好きにしてくれて構わない」

「あなたがそこにいると、飛び降りにくいんですが」

「え？　そんなこと言われてもな」

自分の方が先にいたのだ、とでも言わんばかりの不満げな顔。噛み終えたソーセージを飲みこみ、一息つくとそいつは言った。

「なあ。別に今日、無理に飛び降りなくてもいいんじゃないか」

「知ったようなことを言わないでください」

「じゃあ飛び降りればいいんじゃないか」

「………」

この人は遠慮がない。初対面の緊張も、礼儀も、偏見も、一切ない。ただ思ったことを素直に言っているだけ。

「要は君は、何となく死にたいけれど、飛び降りる勇気がないってことだろう」

「余計なお世話です」

しかし、多少は遠慮してほしい。そうはっきりと言われると、不愉快になる。

「でもさ、そういう感覚ってとても大切だと思うよ」

「え？」

「違うんじゃないかな。それが」

「違うって？」

男は指先で下を示してみせる。

「飛び降りが、さ。飛び降りで死ぬのが違うってことなんじゃないかな。死にたい気持ちが嘘じゃないんだったら、飛び降りを躊躇《ちゅうちょ》する理由は一つしかない。飛び降りで死にたくないんだよ。君は他のやり方で死にたいんだよ」

「そう……なんでしょうか」

「そうなんじゃないかな。よく考えてごらんよ」

「…………」

僕は考えてみる。僕は飛び降りが嫌なんだろうか。なら、他の方法ならいいってことか？　首つりだったら。服毒だったら。どれもしっくりこない気がする。首つりだったらロープを前にしてぼんやり考え込んでいそうだし、毒を飲むにしてもやっぱり薬を前にして考えてしまいそうだ。

「違うと思います……」

「そうか……ごめん。私がそうだから、君もそうかと思ってしまったよ」

「あなたも自殺をしようと思っているんですか？」

男はまあね、と曖昧に答えて深呼吸をした。

「私だったら飛び降りは嫌だな」

しばらくの沈黙の後、ぼそりと男が続けた。

「だって、つまらないじゃないか」

「つまらないとかつまるとか、そういう問題じゃないと思いますけど」

「飛び降りなんて、使い古された手法だろう。落っこちて潰れる、それだけじゃないか。オリジナリティはないし、遊び心もない。中堅どころのサラリーマンとして働いて、可もなく不可もなく無難に勤めあげるようなもので、ロマンに欠ける。それが悪いとは言わないけれど、私は嫌だな」

「あの。自殺にオリジナリティや遊び心を求める方がおかしいと思いますけど」

「そんなことないよ」

男は真顔だった。

「はあ……」

「例えば、君も私も五秒前にできたと仮定してみようか」

「何ですって？」

突然何を言い出すのか。

「つまりだね、宇宙に散らばっている『原子』が五秒前に『偶然』現在の形を成したと仮定したらどうだろう。私たちの記憶も意識も脳細胞の原子配列とその相互作用によるものだから、原子が偶然に現在の形に整列する可能性はあるよね。あらゆる文書も記録もそうだ。紙を形成する原子、インクの原子、それらが都合よく並んでいるだけのものだからね。過去から連綿と受け継がれてきた記録や歴史や記憶。それらは過去から続いてきたものだから辻褄《つじつま》があっている、通常はそう考えるが今回はそうじゃない。そうじゃなくて、『辻褄があっている』という形のものがポンと五秒前に偶然生まれたとしてみようか」

なんなんだこの人は。

急に早口でべらべらと話し始めた。

「実は、『世界が五秒前にできた』ということの仮定を否定することは、今の科学ではできないんだ。つまりどういうことかと言うと」

ひゅうと吹き抜けた風が、男の髪をふわりと揺らした。

「世界は本当に五秒前にできたのかもしれないってことだよ」

そいつは少し笑っていた。

「人間の歴史とか、知識とか。何となく壮大な地盤の上に立っているような気分で生きているけれど。そんなものは『五秒前の偶然』で全て片付けてしまえるんだ。もちろんその偶然は奇跡的な確率になる。が、この際関係ない。奇跡的だろうがなんだろうが、起きる時には起き、起きない時には起きないというだけ」

僕は困惑しながらも男の言葉を理解しようとする。

が、何が言いたいのかさっぱりわからない。

「五秒前に偶然生まれたのでなかったら、十秒前かもしれない。二十秒前かもしれない。そんなものさ。君も私も、生きようと死のうと、その程度のもの。つまらない世界じゃないか。つまらない存在じゃないか。少しくらい遊び心を持たなかったら、やってられないよ。……ホットドッグ、初めて食べたんだけどあまり美味《おい》しくないね。特にこのソーセージを包んでいる部分が、ガサガサしていて気に食わない。普通に紙かビニールで包めばいいものを。どうしてこんな素材を使うのか私には理解不能だよ」

男は何か小難しいことを早口で話したかと思えば、ホットドッグのパンの部分を見て一瞬だけ顔を歪《ゆが》めた。そしてすぐに元の無表情に戻ると、パンを袋にしまう。僕は眉《まゆ》をひそめるばかりだった。

「この世界に、私たちは望む間もなく産み落とされたんだ。生きるのが嫌だから死にたくなるのはわかるけど、どうせだったら死に方くらい面白おかしくした方が楽しいと思うんだよ」

どこか遠くを見ながら、男はフェンスの向こう側にぽいと袋を投げ捨てる。そこにはわざと非道徳的なことをしているという快感も、マナー違反をしているという罪悪感も見いだせなかった。

ただ端的に、男は興味を失った物体を視界から消した。

「君がまだ飛び降りたくないのは、心の奥底でもっと面白い自殺の方法を探しているからじゃないのか。違う？」

男は一点も曇りのない瞳で僕を見つめている。

何言ってんだよ、違うに決まってるだろ。そう言いたいが、男の不思議な迫力を前にして僕は口が開けなかった。

「……私もね、最近の趣味は素敵な自殺の方法を考えることなんだよ」

「変な趣味ですね」

男が少しだけ微笑《ほほえ》んだ。

「私と一緒に考えないかい？　面白い自殺について」

「何ですって」

「遠慮はいらないよ。それに飛び降り以上の自殺方法が見つかったら、君も嬉しいだろう？」

自分の口がぽかんと開くのがわかる。冗談を言っているわけではないようだ。綺麗な澄んだ目。

「……はあ」

僕は大きなため息をついた。それを肯定の意思表示と判断したのか、そいつは頷《うなず》いた。

「よし。決まりだな。じゃあ私についておいで」

「……わかりました」

なぜ僕がそこで自殺をやめ、そいつについて行くことにしたのかは、自分でもよくわからない。少なくともはっきりと理由があったわけではない。何となくその男に興味が湧《わ》いたという程度だ。

どうせ死ぬ気なのだからもう怖いものは何もない。せっかくだから何でもやってみよう。わけのわからない男だけど、誘ってくれているのだからちょっと相手をするくらい別にいいじゃないか。

自殺？

……少しくらい先延ばしにしたって構わない、いつでもできるのだから。

そんな気持ちだった。

男は静かな微笑みを浮かべながら、僕に向かっておいでおいでをしてみせる。

その右手の形は特徴的だった。小指が外側に張り出している。まっすぐ伸びているはずの指が途中から曲がり、弧を描くように外側に向かっているのだ。

僕は心の中でそいつを「小指」と名付けた。

妹☘ミサエ

「あの……ミサエちゃん」

放課後の教室で一人考え事をしていたら、誰かが話しかけてきた。

「元気ないね」

「え？　うん、まあね」

私は相手がリカだったことに、少しびっくりする。

リカはいつも教室の隅で本を読んでいるような子だった。とても綺麗な子なんだけれど、どこか人を寄せ付けない雰囲気を放っている。そして本当に最低限の内容以外は何も話さないのだ。なので進んでリカと話そうとする人もいない。私もほとんど話したことがない。

そんなリカが話しかけてきた。

「お兄さんが失踪《しっそう》して、帰って来ないんだってね」

「うん……知ってたんだ」

教室で噂になっているから、リカの耳に入ってもおかしくはないか。

「お兄さん、どんな人なの」

「どんな人って……」

「…………」

リカは大きくてくりくりとした目でまっすぐに私を見つめている。どうして急にそんな質問？　いぶかしみながらも私は説明する。

「悪く言えば根暗って感じかな。あんまり体が丈夫じゃないせいか、本を読んだり、考え事をしてばかりいた」

「自殺とか、しそうな人？」

自殺？

言われてみて初めて思い当たる。確かに、自殺しそう。

というか、すでに自殺していてもおかしくない。

「まあ、しそうな感じかもしれないわ」

私はため息まじりに答える。どうしてリカはそんなことを聞くんだろう。縁起でもない。

「そう」

リカは少しほほ笑んだ。

何よ。何なのよ。兄さんについて、嫌味でも言いに来たの？　どちらかといえばあんたの方が、自殺しそうな感じじゃない。暗くて、一人ぼっちで、人生に喜びなんて何にもないような顔しちゃってさ。

「あのね、私もね、自殺しようかと思ってるんだ」

リカはどこか悟りきったような顔でそう言った。

「……え？」

虚をつかれて私の思考は停止する。

「ミサエちゃんは、『自殺屋』って知ってる？」

「ジサツヤ……？　知らない。何それ？」

「そういう人がいるんだよ。その人にお願いすると、自殺させてくれるんだって。お金は言わないでほしい。

私は少しいらいらしていた。ただでさえ心配なのに、これ以上不安になるようなことを
「何が言いたいのよ。私の兄さんにもそれを紹介したいって言うの？」

「似たようなものかな。でね、私もその『自殺屋』を使ってみようと思ってるの」

「……都市伝説か何かでしょ？」

一円もいらない」

「うらん、違うよ」

「じゃあ何？」

私は強い語調で言う。不快感を表してみたけれど、リカは動じない。相変わらず幽鬼《ゆうき》の
ようにぼんやりと、かすれた声で話し続ける。

「あのね、『自殺屋』はまだ正式オープン前なの。イレギュラーの営業はしているみたいだけど。これから正式オープンしたら、大々的にお客さんを集め始めると思う」

「お試し期間ってわけ？　化粧品じゃあるまいし」

「だからね、この先ミサエちゃんのお兄さんがそこに来るかもしれないから、えっと……。ご
めん、うまく言えなくて。私、ミサエちゃんに『自殺屋』の連絡先を教えようと思ったんだ」

えっ。

リカは私に小さなメモを見せた。そこにはメールアドレスがひとつ、書かれている。そ
の字はまるでリカの声そのもののように薄く、細かった。

「それ『自殺屋』の連絡先なの。ミサエちゃんがお兄さんを探す手がかりがなかったら、そこをあたってみてもいいかもしれない。こういうお店って世の中にそんなにないでしょ。だから、もしかしてミサエちゃんのお兄さんも自殺したいと思っていたら、そこに来るかも……」

私は差し出されるままに紙を受け取る。

「突然でごめんね。それだけ。……じゃ。バイバイ」

「あ、リカ……」

リカはすうと背中を向けると、そのまま振りかえらずにすたすたと教室を出て行ってしまった。さらりと伸びた黒髪が風に揺れて、消えた。

リカは、兄さんを心配してくれていたのか。だからわざわざ私に声をかけ、メモをくれた。それを知らず、私は失礼な態度を取っていた。少し申し訳ない気持ちになる。

……いや、しかし。

そもそも自殺屋なんて、存在するの？

やっぱり、都市伝説のたぐいなのでは。

私は目の前のメモをどう判断したらいいかわからず、しばらく考え込む。

もやもやとした気持ちのまま、私はメモを手帳に挟み込んだ。

兄✠ミサキ

少し待っていろと言われて三十分ほど。小指が車に乗って戻ってきた。僕のすぐ近くで車を停め、言う。

「俗物君は、車の運転はできるかな？」

「いえ……免許を持っていませんので」

……？　俗物君。それは僕のことなのか。

「何だ、若者のくせに使えないな」

「必要になれば取るつもりでした」

「ふん、まあいい。できれば運転してもらいたかったんだけどな。私は車の運転が苦手なんだ」

ため息をつきながら小指は僕に乗るように促す。僕はドアを開き、体を車の中に滑り込ませた。

「怖いこと言わないでくださいよ。事故ったらどうするんですか」

助手席に乗ってシートベルトを締める僕を、小指がハハハと笑う。

「さっきまで飛び降りるつもりだったくせに、ずいぶん弱気なんだな」

「それとこれとは別です」

「これだけ世の中に車があふれていて、それこそ一秒に何人かずつ車に轢《ひ》き殺されているんだ。確率的には次の一秒で私たちがタイヤの塵《ちり》となっても、ちっとも不思議じゃない。今更怖がることもないじゃないか」

「いや、だからそれとこれとは別です」

小指がアクセルを踏む。車は振動するばかりで全く動かない。その代わりにキュルキュルキュルと何かがスリップするような奇妙な音が聞こえた。

「ん？」

もう一度踏む。音は大きくなるばかり。車体の下で火花でも散っているんじゃないかと思うほど、甲高《かんだか》い音が鳴り響く。車輪が空転しているようだ。何だ？　こんな音は初めて聞くぞ。嫌な感じだ。僕の心臓はどきどきと高鳴る。

「ああ、パーキングブレーキを忘れていた」

小指が左手でレバーをかたんと倒す。その途端に車はすうと駐車場から滑り出し、心地よい走行音を立てて進み始めた。

「私は車の運転が苦手なんだ」

確かに。

免許がなくても僕が運転した方がいいかもしれない。


「どこまで行くんですか」

都内の環状線を回りながら、運転を続ける小指に僕は聞く。

「私の所有しているビルがこの先にあるのでね」

「そこで何をするんですか」

「それは着いてからのお楽しみだよ、俗物君」

俗物君。さっきも言っていたな。

「……何ですかその、俗物君って」

「あだ名だよ」

小指はさらりと答える。

「君の本質的な部分を表現していて、いいあだ名だと思ってるんだけど……どうだろう？『俗物』じゃあ、まるで悪口みたいだから、『君』をつけて愛らしくしてあげたところに私の優しさを感じてくれればなお嬉しい」

「余計なお世話ですよ。僕にはちゃんとした名前がありますから」

「へえ、何という名前？　参考までに聞いておこう」

「ミサキといいます」

「奇遇だな、私も同じだ」

「えっ？」

小指が笑う。

「ごめんごめん、冗談だよ。だがね、名前だとそういうことも起こるじゃないか。面倒だ。それよりわかりやすいあだ名をつけてしまった方がいい」

「そうですかね」

何なんだろうこの人は。理知的な顔立ちをしていながら、言うのは冗談なのか本気なのかわからないようなことばかり。その表情は至って真面目だ。

「そうさ。要は私と君が応答する際に、互いを識別できればそれでいいのだから。……おっと、赤だったな。まあいいか」

「そうですか」

できれば信号の色も識別してください。

「不満そうだな。『俗物君』は嫌かい」

「ええ、バカにされてるみたいです」

「バカになどしていないさ。むしろ私は、君を特別扱いしているんだぞ」

「そうですかね」

「そうだとも。名前をつけるということは、他のものと区別するということだ。つまり特別扱いって話じゃないか。君はコップとお茶碗を区別するだろう。用途が違うから別々の名前をつけている。では同じ形のコップが複数あったとする。それぞれに名前をつけるか？　つけないだろう。それ以上区別する必要がないからだ。多くの人々はゴキブリを見た時、ゴキブリと言う。トンボを見た時、トンボと呼ぶ。よくわからない虫を見た時、虫と呼ぶ。どこまで名前をつけるかということは、どこまで区別する必要があるかと同じだ」

「いやまあ、それはそうですけど……」

時速九十キロ出ている。あまり熱弁をふるわなくてもいいので、前を見てください。

「私にとって君は、他の人間と区別する必要ができたのだ。特別な存在。だから私は俗物君と名前をつけた。普段だったらそんなことしないんだよ、私は」

「はあ……じゃああなたにとって、名前を付けないものは区別できないってわけですか。あの歩道を歩いている人々は、みんな区別のつかない『何か』だってことですか」

「そう。そりゃあ私だって電信柱と、人間との区別くらいはつけられるよ。あれは電信柱だろ。えーと、あれは人間だ。あれは……でん……いや、多分人間だな」

「ええ、当たってますよ。でも、それくらい誰でも区別できますから」

「うん。しかし、個別に人間を区別するのは難しい。だいたい紛らわしいんだ、人間というのは。みんな目が二つ、鼻が一つ、口が一つあるときてる。私にはとても区別がつかないよ。……あれ？　変だな、加速しちゃった」

目が三つあったり鼻が二分の一個だったりしたら大変だろ。だいたい、電信柱と人間の区別をする前にアクセルとブレーキの区別をつけろ。

「人間の区別がそんなに難しいもんですかね」

「私には難しいな。君にはできるのかい？　ヒヨコの♂♀鑑定の方がまだ簡単だと思うんだけどね。どいつもこいつも似たような姿をしている癖に、自分は特別な存在だと考えている所がまた厄介だよ。ちょっと区別に失敗するだけで怒りだしてしまうんだから。ヒヨコだったらピヨピヨ言うだけで怒らないぞ。ヒヨコは人間ができているよね。……む、行きすぎてしまったな。まあいい。迂回《うかい》して戻ろう」

「標識を見てください。一方通行ですから」

「すいているし別にいいだろう」

「……小指さん。そのうち捕まりますよ」

「ん？　なんだその、小指というのは」

小指は僕の指摘には耳も貸さず、一方通行の路地へと車を進めていく。幸いにも対向車は来ない。

「僕があなたにつけたあだ名ですよ。小指が曲がっているから小指です。僕はあなたを他の人間と区別して、特別扱いしてあげたんです。嬉しいでしょう。せいぜい喜んでください」

「ふむ、了解した」

小指は僕の嫌味に何の反応も示さなかった。

なんとも、コミュニケーションの取りづらいやつだ。

そして小指は前衛的なドライビングテクニックで、車をとあるビルの地下駐車場へと滑り込ませた。

「このビルは私の所有物だ。私の城と言ってもいい。ここで何をしようと外には関係ないというわけさ」

「小指さん」

「何だい」

車を停めて僕たちは降りる。小指は車の後方へと歩いていく。

「いったい何をする気なんです」

「大したことではないよ。ただ一人では大変だから、少し手伝ってくれるかな」

「……別に、構いませんけど。まさか犯罪行為じゃないでしょうね」

がこん。

小指はトランクを開いた。

「これを運ぶんだ」

中には白いシーツでくるまれた布団のようなものが入っている。

「何ですかこれは」

僕は手を伸ばしてそれをつかむ。細長い二本の棒状のものが感じられた。

足だった。

思わず手を離す。小指が無造作にシーツを広げていくと、中から学校の制服を着た少女が姿を現した。華奢《きゃしゃ》な足。細い体。中学生くらいだろうか。まだ成長途中であるその体はどこかせつなげだ。髪は黒く、長い。白い肌と対照的である。無防備に眠っているその表情からは、真面目で素直な印象が滲《にじ》み出ている。きっと優等生なのだろう。僕は勝手な想像をした。

「薬で眠ってもらっているから、多少乱暴に運んでも大丈夫だ」

「あの……小指さん」

何なんだよこれ。犯罪の匂いしかしないぞ。

「その奥に、この子の遺品がある。そう、そこ。それ捨てておいて。もう不要だから」

トランクの隅には少女のものだろう、学生鞄があった。都内の有名な進学校のマークがついている。どこかで見覚えのあるそのマーク。どこで見たのだったか。僕はその鞄を手に取ってみる。教科書やノートが詰まっているのだろう、それなりの重量があった。手に当たる四角形のふくらみは、お弁当箱かもしれない。

「遺品って。その子に何をするつもりですか」

「これから彼女は自殺するんだ。私はそのお手伝いをするのだよ」

まさか。

「殺す気ですか？」

「物騒なことを言うんじゃない。私はこの子……確か科目名のような名前だったが……そうだ『リカ』だったな。リカからちゃんと依頼を受けて、作業するんだ。あくまで本人の意思。本人の意思による行動だから、自殺だ」

「そんなの屁理屈ですよ。殺すってことですよね？」

僕は食ってかかる。

「おいおい俗物君。私がまるで悪者のような言い方はやめてくれないかな。それに私は、彼女を殺しはしない。そもそも死ぬことなく自殺させるのが、今回の試みなんだ」

「死ぬことなく自殺させる……？」

なんだそれ。矛盾していないか。

「そう。リカは死なない。だが自殺する」

小指は少しだけ笑って言った。

悪だくみをする子供の目だった。

妹ミサエ

私は小さなクッキーを学校に持ってきていた。

一応、兄さんを心配してくれたことに対するお礼のつもり。

市販されているものだが、そこそこのお値段の品。

あんな変な情報をもらっただけで、ここまでする必要があるのかどうか。正直迷ったが、全く何もしないというのも気まずい。

リカが来たら、とりあえずこれを渡す。そして、昨日はありがとうと言う。それでおしまい。

お菓子なら後に残らないから気軽でいい。

さっと渡してさっとお礼しよう。

リカ、早く来てくれないかな……。

ほのかに緊張したまま、始業のチャイムが鳴った。

朝のホームルームが始まる。

リカは来ていない。

欠席連絡もないそうだ。

兄✤ミサキ

リカと呼ばれた少女は小指のビルの一室に運び込まれ、僕の目の前で服を脱がされている。

「女性の服というのは、男性と比べて脱がせるのが難しい」

部屋の広さは六畳程度。殺風景で、病院の一室を思わせる。ベッドが一つだけあり、その脇にはよくわからない器具がいくつか置かれていた。

「こんなことなら先に服を脱いでもらってから、眠らせればよかった」

小指はブツブツ言いながら、慎重に一枚ずつ衣類を剥《は》ぎ取っていく。ブラジャーのホックをはずし、パンティを足のラインに沿って下ろす。靴下をゆっくりと巻きとり、髪の間に挟まっているピンを引き抜く。

その仕草にはリカの体に傷をつけないようにという優しさはあったが、恥じらいも、欲情も見られなかった。露《あら》わになるリカの真っ白な肌。正直、僕の方が赤面してしまう。思わず目を逸《そ》らす。

「俗物君、そちらを持ってくれ」

小指に言われて足を持ち、リカの体をベッドの上に乗せる。

次に小指はリカを黒い大きな寝袋のようなものの中にしまい始めた。まるでミノ虫のミノだ。排泄物の出口にはチューブをつなぎ、その管を寝袋の外側へと導く。この寝袋は一体何でできているのか。ビニールのような表面の内側にぶよぶよとしたものが詰まっている。

やがてリカの首から下は全て、その黒い寝袋の中におさまってしまった。

「この特殊なゼリー状の物質は、高価な精密機器を運搬する際なんかに使うものでね。これに包まれるとほとんど触覚を失ってしまう。自分の体が何かに触れている感覚がなくなるということさ。まるで宙に浮いているようにね」

今度は小指はリカの顔に何かを取りつけはじめた。

耳に耳栓を。

「これで聴覚が失われた」

鼻には栓のような形をした器具。

「嗅覚が失われた」

口にはホースのつながった妙な機械を取り付ける。舌にはビニールのようなものがかぶせられた。

「味覚が失われた」

さらに目に覆いを当てる。

「視覚が失われた」

最後に頭全体を覆うように、寝袋と同じ素材でできた頭巾をかぶせた。

リカの姿は完全に消え失《う》せてしまった。ベッドの上にあるのは黒い寝袋と、そこから伸びる何本かのホースで接続された機械だけだ。

「よし、準備は整った。俗物君、もうここに居続ける必要はない。別室からリカの自殺を見物しようじゃないか」

小指はにっこりと笑った。


リカが入れられた部屋には監視カメラが設置されていたのだろう。別室のディスプレイには、あの部屋の様子が映し出されていた。

「部屋に行かずとも見物できるっていうわけですか」

「そうだ。それだけじゃない、温度や湿度の管理もここから行えるようになっている。酸素も栄養も機械を通じてリカの体に補給される。『実験室』に入らずとも、滞《とどこお》りなくリカを自殺させられるというわけだ」

小指は機械のダイヤルのようなものを調整しながら言った。

「何を言ってるんです。これは少女監禁、つまり単なる犯罪じゃないですか。どこが自殺なんですか」

「犯罪かどうかは置いておくとして、これはまぎれもなく自殺さ。『死なない自殺』だよ」

「だから、どこが……」

僕の言葉をさえぎって小指は言う。

「順番に説明しよう。想像してみたまえ。私たちはさっき、リカの五感を遮断した。目覚めた時、五感が遮断されていたらどうなるだろうか？　外界からの刺激が一切途絶えてしまっていたら？」

外界からの刺激がない？

もし僕が、あの大きな寝袋の中で目覚めたとしたら。目を開いても、何も見えない。音も聞こえない。手を動かしてみても何の手ごたえもない……。

自分がどこにいるのか、どうなっているのか、何もわからない。今が何時なのか、本当に自分は起きているのか、まだ眠っているのか、それとも死んでしまっているのか。わからない。何もわからない……。

何だかとても恐ろしい気がして、僕はぶるっと震えた。

「人間は外界からの刺激を感知して思考する。逆に言えば、刺激がないと正常な思考すらおぼつかない。おそらく少女は目覚めると、まずは自分の状態を把握しようとするだろう。しかし目は見えないし、音は聞こえない。刺激がやってこないことに気がついた少女は、今度は声を出してみたり、暴れてみたりする。そうやって刺激を作り出そうとするわけだ。しかし、私が設置したあの器具はそれをかなりの割合で妨げる。少女は刺激を感じ取ることができない。真っ暗、無音、感覚のない世界で一人ぼっち。確かに自分は生きているのだが、それを示すものが何も存在しない……」

小指はすらすらと続ける。

「脳はこういった状況に長くは耐えられない。刺激が必要だ。刺激がなければ脳は機能することができず、壊れてしまう。さて、どうなるか」

いつの間にか小指は、あの女の子を「リカ」と呼ばなくなっていた。

「今度は少女の脳が勝手に刺激を『作り出す』ようになる。つまり幻聴、幻覚のたぐいだ。現実の刺激がないから仕方ない。結果的に少女の頭の中からは現実が消え失せ、想像だけがあふれるようになる。少女は妄想の世界で暮らし始める」

淡々と、うっすらと笑みさえ浮かべながら話す小指。

「胎内の赤子や、認知症の進んだ老人に似た思考状態かな。いや、それ以上だろう。常に夢を見ているような感覚……脳は際限なく妄想を作り出し、頭の中は妄想でいっぱいになる。どれが現実なのかわからなくなる。現実の刺激は基本的に与えないから、どれも現実ではないんだけどね。そういう状態が長く続くと、現実とはどんなものだったか……それすらわからなくなる。ここまで来ると、今度は徐々に現実世界での記憶が消滅していく。正確に表現するなら、現実と妄想の区別がつかなくなるために、記憶が大量の妄想の中に紛れ、見失ってしまうんだ。何もかもが朦朧《もうろう》として、自分が何者なのかわからなくなっていく。最終的には人格が破壊されるだろう」

小指がリカと呼ばず、「少女」と呼ぶ理由がわかった。

あの少女はやがて「リカ」ではなくなるのだろう。

「ゆっくりと時間をかけて、人格がばらばらに砕け散り、その破片すら妄想の海の中で溶けて消えてしまうまで待つ。それまではあの状態のまま、少女を監禁するんだ。少女の自我は無に帰るだろう。生まれてから得た知識、経験、記憶……全てを失わせ、生まれる前にまで巻き戻すのだ。それを確認したら、今度は解放する。長く妄想世界にいて、突然解放された少女は、初めて外界に触れた赤ん坊と同じだ。それから改めて刺激を与えて育てなおすんだよ。全く新しい、別の人格が形成されるだろう。そして新しい人生を始めるのだ」

少女が「リカ」ではなくなり、別の「何か」になる……。

「わかるかい、これは少女の『自殺』であり、『復活』なのだよ。リカという人格は死んで消滅するが、同じ体で生まれ変わるんだ。これがあの子の望んだ自殺。肉体を傷つけることのない自殺。復活の約束された自殺。死なくてすむ自殺だ」

小指の目。その目は強烈な信念と、病的な好奇心を宿して妖しく輝いていた。

完全に本気だ。

「自殺と言えば肉体を傷つけることだと考えがちだが、そもそも肉体を破壊しない限り死ねない、という考え自体が一種の思い込みだろう。自殺を望む人間の中には二度と復活したくないという人間もいるが、そうではない人間もいるはずだ。人格のみを破壊して、リセットしてやり直す。そういう発想もあってしかるべきだ。だが困ったことにこの方法、事例がほとんどない。だからこうして実際に試してみるというわけだ」

こいつ、狂ってる。

まともな神経じゃない。

その目に圧倒され、僕は何も言い返すことができない。

「さてと。新しい名前を考えておかないとな。リカという人格は死ぬのだから、同じ名前で呼ぶわけにはいかない。人格を消すまでには時間がかかるから、慌てて考える必要はない。俗物君、君のアイデアも聞こう。何かいい名前はあるかい?」

小指はにこにこと笑った。

妹❀ミサエ

結局リカは授業が全て終わっても、姿を見せなかった。

教科書をしまおうと鞄を開けると、行き場をなくしたクッキーがむなしくたたずんでいた。クッキー、食べてしまおうか。一瞬そんな考えがよぎる。でも。明日はリカ、来るかもしれない。私はクッキーが砕けないように慎重に脇に寄せて、空いた空間に教科書を入れた。

……自殺屋。リカの言葉を思い出す。

昨日はよくわからないままに流してしまったけれど、考えてみればひどく奇妙な存在だ。他人の自殺を手伝うなんて。それって犯罪じゃないのかな。裏でこっそりやっているってこと?

リカはお金は一円もいらないって言っていた。なら何のメリットがあって、そんなことをするのだろう。ありえない。普通に考えてありえない。

リカはあの後、本当に自殺屋に行ったのだろうか。

何だか嫌な予感がしてきた。リカがもう二度と学校に来ないような、そんな予感が。風が校庭の木々をざわざわと揺らしている。それとともに、教室の中に長く伸びた影が震える。

リカ。

明日、来るよね。何でもなかったような顔をして。

来てくれるよね……。

窓から見える夕陽がひどく鮮やかに思えた。

兄✤ミサキ

あれから小指は少女の新しい名前を一生懸命考えているようだった。

僕はディスプレイに映る黒い寝袋の姿をぼんやりと見つめている。

「うあぁぁぁぁー……あーあ――あーあーあーあ――あああぁぁーああ……」

隣の部屋からおかしな声が聞こえてきた。

「少女が目覚めたようだね」

「うおおおぉぉ――ぁぁぁぁあああーうおぉぉおあぉ…………」

それは叫びとしては、極めて異質なものだった。

抑揚がない。リズムもない。ただ柔らかく、それでいて苦しみに満ちている。感情がほとばしっているというよりは、穴からただどろどろと垂れ流されているような声だ。緊迫感のない悲鳴、眠そうな叫びとでも言えばいいのだろうか。

「あぁぁぁ……うぅおおおぉぉ――――……？　えああーあああぁぁぁぁぁぁ」

「独特の悲鳴だな。今、彼女は世界と切り離されて一人でいる。ありとあらゆる他者がそこにはいない。空も地面もない。真っ暗闇の中、底知れぬ深い穴に落下し続けているようなものだろう。自分がどこにいるのかもわからずに」

「うおおおおぉぉ………」

「あの叫びは恐怖から発しているだけではないだろう。私がさっき説明したように、刺激を作ろうとしているのだ。少女は今、感覚が存在しない現実に心底震えている。だからああして音を作り出そうとしている。だが無駄なことだ。声は耳栓で完全には届かない。聴覚に靄《もや》がかかったような気分で、しまいには自分が声を出しているのかどうかもわからなくなってしまう」

「おー……。おー……。おー……。おー……。おー……。おー……。おー……。おー……。おー……。おー……。おー……。おー……。おー……。おー……。おー……。おー……。おー……。おー……」

「む、急に声が規則的になったな。どういう意図だろう。彼女の頭の中でどんな思考が飛び交っているのか見てみたいものだ。頭の中で色々なものが消えていく。それは思い出だったり、社会のルールだったり、自分という感覚だったり……それらがどんどん消えていく。最後に残るのは……何も書かれていない、真っ白な紙」

「おー。おー。おー。おー。おー。おっおおおおおおおっおおおおおおっおおおおおおっおっおっ」

「あれは自我が崩壊する音だ」

何もかも予想通りだと言わんばかりに、小指はふうと息を吐いた。

「感覚を遮断されるというのは、そんなにも辛いことなんでしょうか」

僕は小指に聞いてみる。

「そうだな。まだ苦痛の方が、無感覚よりもよいかもしれない。人間にとって無感覚ほどの毒はない。俗物君は、世界で一番不味《まず》いものって何だと思う？」

小指は機械の目盛りを確認して、いくつかのボタンを操作しながら言う。

「え……？　不味いもの、ですか。そんなものは人によると思いますけれど」

「まあそうだね。ただ、その一つは体温と同じ程度の温度にした純水であるようだ」

「純水……？」

「不純物を徹底的に除いて、純粋な『水』だけの形に限りなく近づけた水だ。昔は蒸留することで作っていたから蒸留水とも言う。本来は実験や工場で使われる物だけどね。俗物君、そもそも味というものは、水溶性の化学物質の存在を舌が検知することで感じられるんだ。普段私たちが感じている水の味とは、『水に溶けている不純物の味』なんだ」

「え……じゃあ、純水の味ってどんな味なんですか」

「無味無臭。味はない」

「それが、世界で一番不味いもの？」

「そうだ。常温にした純水の不味いことといったら、何とも形容のしようがないな。無味というものは最高に不味いものの一つなんだよ。変な味がついている方がまだマシだと私は思う」

機械の設定を終えたのか、小指は立ち上がって僕の方へと歩いてきた。

「私たちの感覚器は、『感覚を受ける』ことを前提として存在している。だから舌で言えば無味……『感覚がない』ことに対して、他の味ではあり得ない不快感を覚えるんだろうな。私は、リカをそういう状況に置いた」

巨大寝袋の中に、リカは眠っている。

「視覚、聴覚、触覚、嗅覚、味覚。リカの五感はもう役に立たない。純水は不味い。味がないから不味い。吐き気がするほどに。その不味さを味覚だけではなく、五感全てで味わうことになる……と言えば少しは想像できるかな？」

小指は淡々と語る。

僕の背中はぞくりと震える。

感覚がない？

それって、どういうことだ……？

音楽を聞いていない時だって、音はある。かすかな風や、床のきしみ、時計の秒針、そして自分の心臓の音。何にも触れていない時だって、触覚はある。自分の足が床に触れる感覚、服が肌をこする感覚。

　僕たちはいつでも何かを感じている。

　何も感じない、そんな状態は一生のうちで一瞬たりとも味わうことができない。

　完全に未知の領域。

　そこに今、リカはいる。

「感覚器は、私たちが世界と繋《つな》がるために必要なものなんだ。世界の情報は全て感覚器を通して入ってくる。手を動かして、その結果世界に何らかの影響を及ぼしたとしても、それは感覚器で感知しない限り知りようがない。世界にどんなものがあっても、それを知るすべがなかったら世界がないのと同じこと。感覚器がなくなれば、世界と自分との間に関係性がなくなってしまうんだ。影響を与えることも、与えられることもできなくなる。世界と自分との繋がりを全て断つ……そういう意味では、死とあまり変わらないな」

「なんだか恐ろしいですね。僕だったらとても耐えられない気がします」

「耐えられないよ。だから人格が壊れるのさ」

　小指はこともなげに言ってのける。

「苦しい自殺ですね」

「そうかもしれない。しかしそこは考え方次第だろう。死なずに生まれ変わることができるんだ、この程度の苦痛ですむならおつりがくるんじゃないかな」

「あーあ――――あ――――ぁぁぁぁぁあ……」

少女の声は絶え間なく続く。

数日が経過した。

「ここにある食料は何でも食べてくれて構わないよ」

部屋の隅に無造作に積み上げられたインスタント食品を示して小指はそう言ったが、こんな状況でとても食欲が出るものではない。僕はパッケージを軽く眺めるだけに留《とど》め、実際に口にはしなかった。

小指はと見ればおいなりさんの皮、油揚げの部分を丁寧にはがして、中のご飯を皿に取っている。そして握り固められているご飯をわざわざ箸でほぐし、一粒ずつ口に運んでいた。なぜそんなにややこしい食べ方をするのだろう。見ているうちに皮はゴミ箱に捨ててしまった。そこが一番美味しいのに。

「少し、悲鳴が弱くなったかな」

「確かに、聞こえてこなくなりましたね」

「うむ」

小指は手元のディスプレイを見て腕を組む。そこでは何かの目盛りが行ったり来たりしているのが見えた。

「眼球が盛んに動いているな」

「え？」

「つまり、幻覚を見ているんだ」

小指は淡々と続ける。

「動く幻覚を眼球が追いかけているということだ。通常であれば映像を追いかけて眼球が動き、その情報が脳に送られる。今は逆だ。脳が作りだした映像が動く。その情報が眼球まで逆流し、眼球が動く。外から入ってくる情報よりも脳が作り出す情報の方が多くなったんだ。だから情報が逆流する」

ぴくぴくと震えるように動く目盛りは、ひどく不規則で不安定だった。

「少女は今、自分の妄想の世界に入っている。一体何が聞こえ、何が見えているんだろう。王様のように贅沢三昧の世界だろうか？　それとも美しい花が咲く理想郷だろうか。もしかしたら、今までと変わらない平凡な家庭の姿かもしれない。いや、むしろ地獄のような弱肉強食の世界かもしれない。人は壊れる時にどんな光景を見るのだろう。好奇心がわくね。今、少女の目を覗《のぞ》き込んだらその妄想が見えるだろうか」

小指の横顔を僕は見る。そこには静かな笑みが浮かんでいた。アリの巣をいじって壊してはしゃぐ子供。そんな風に見えて僕は嫌悪感を覚える。

「小指さん」

「なんだい？　俗物君」

「あの子をこうしてやるのに、いくら貰《もら》ったんですか」

「……えっ？」

「だから、いくらでこんなことを引き受けたんですか」

「私は」

「あの機材だって、このビルだって、ただじゃありませんよね？　お金なり何なり、対価をとってやってるんですよね」

「いや、私はお金なんて取らないよ。全部タダだ。少女は私に一円も払うことはない」

「そうなんですか？　じゃあ、どうしてこんなことしているんですか。面白いからですか？」

小指は額に左手の人差し指を当ててうつむく。

「突然不思議な質問をするな、君は。その意図がどこにあるのか計りかねる。そうだね、なぜこんなことをしているか……。やはり私にとって面白いことだからだろうな」

僕は小指に食ってかかる。

「面白いですって？　あの子が自殺したいって思うまでにどれだけ悩んだかわかります？　きっと必死で考えて、悩んで、辛い思いをしたんですよ。あの子がどんな思いをしてきたか知っていて、そんなことやってるんですか？　人の弱みにつけこんで。ひどすぎますよ」

僕はイライラしていた。

リカと理由は違うだろうけれど、僕も自殺を考えたことのある人間だ。死にたくなったのは別に小指のせいじゃないし、小指のせいにするつもりもない。それでも小指の態度は不愉快だった。リカをまるで物のように扱うその様が、許せなかった。

「小指さん、あなたのやっていることは……」

僕はさらに罵倒《ばとう》を続けようとした。しかし、それはできなかった。

ぱたっと床に何かが落ちた。それが何なのかわからず、一瞬混乱する。

どうやら水滴だと気付いたとき、もう一粒が床に落ちた。

僕は口をつぐむ。

小指が泣いていた。静かに、ぽたぽたと瞳から粒を落としている。

なぜここで泣く？

驚いてしまい、僕は黙ったまま小指を見つめる。

どうやら小指自身も、泣いたことに驚いているようだ。呆然《ぼうぜん》とした表情で目をぬぐい、濡《ぬ》れた手をしげしげと眺めている。

「やれやれ、俗物君に隙《すき》を突かれてしまったようだ」

少し震えた声で、それでも凍りついたような微笑を崩さずに言う。

「小指さん」

「こんなことではいけないな。私は泣くようなことがあってはならない。感情に左右されていては大切なものを見失うばかりだからね」

小指はハンカチを取り出してたんねんに涙を拭く。

「どうして……」

僕は小指に何も言えなくなってしまった。何かを言わなくてはならないと思うのだが、何を言ったらいいのかがわからない。

ひょっとして僕は小指を傷つけてしまったのか？　さっきまで僕は小指に怒りをぶつけていたのだが。その感情がいつのまにか罪悪感に置き換わっている。

「俗物君、君は卑怯《ひきょう》だよ。私はご飯を食べていたり、何かに夢中になっている時はそんなに強くないんだ。防御する準備ができていないからね。そんな時を狙ってそういうことを言うのは、とても卑怯だと私は思う」

小指はハンカチをポケットにしまう。小指の顔から涙の跡は消えていた。小指はさっきまでと同じ、自信に満ち溢れ、狂気を宿した目で笑う男に戻っていた。

「俗物君から見た際、私の行動がそのように感じられるということは理解した。思考を開示してくれたことにも感謝する。私は君に反論はしない。俗物君には俗物君の考え方があるからね。それを尊重しよう。しかし、俗物君も私の考え方を尊重してほしいな。私は少女ときちんと話しあい、こういった行為に及んでいる。そこに君が意見を挾む余地はないのだよ。私と君の思考に優劣をつけることなどできないのだから、お互いにそれ以上踏み込むべきではない。わかるね？」

水が流れるようにすらすらと口を動かす小指。

「……はい」

僕は頷いた。

「よろしい」

小指は残りのご飯を捨て、もう一度画面に向き直った。

もう何を言ってもダメだろう。小指は防壁を作ってしまった。一分の隙も見せていない。ここで何か言いあっても僕は丸めこまれてしまうに違いない。

さっき、少しだけ小指の防壁の向こう側が見えた。

ほんの少しだったけれど……彼の生の感情が見えた。

小指はリカをこんな目にあわせて、ただ遊んでいるというわけでもないようだ。

僕は小指の後ろ姿を見つめた。

華奢な背中だった。

妹ミサエ

リカが失踪してから二週間が経つまであっという間だった。

兄さんが失踪した時と同じだ。忽然《こつぜん》と人はいなくなり、それまで「いることが当たり前」だった日常が、「いないことが当たり前」の日常に差し替えられる。

最初のうちこそリカのご両親が学校に来て何か質問をしていったり、先生がクラス全員で相談させる時間を作ったり、そんなことでバタバタしていた。だけどそれは一時のお祭りのようなもの。

日々の授業、部活、生活……人は日常に流されていく。

教室には一つ空席があることが「普通」になりつつあった。先生もリカの名を出席確認時に呼びはしない。学級委員はリカの分を除いてプリントを回収する。日直当番も、リカは当然のごとく飛ばされて回っていく。

聞いた話では、リカは学校からの帰り道で姿を消したらしい。吉祥寺で中央線に乗り換えている姿が監視カメラに写っていたという。自宅に向かうのであれば利用するはずがない駅だ。

それ以外に目撃証言などもなく、リカは自らどこかに向かった……つまり「家出」ということに落ちついたらしい。以前からどこか学校生活になじめない面などもあり、その結論はみんなが納得できるものだった。

だけど。

私は手帳の間に挟んだメモを見つめる。

私だけは知っている。リカの行き先への手がかりを。

自殺屋。

このメモを私に渡して……そのままリカは消えた。吉祥寺を越えて、どこかへ。あの放課後、リカの表情を思い出す。落ちついた顔をしていた。静かな顔。決意の顔。リカがあの時私にメモを渡したのは、たまたまじゃない。そこしか渡すタイミングがなかったんだ。

あの日を最後に学校に来ないと、リカは決めていたんだ。

事情を説明して、メモを警察に渡すべきかもしれない。だけどそれはしてはいけない気がする。リカがメモをくれたのは、私のためだ。私が兄さんを探していたからだ。自分を探して欲しいからじゃない。むしろ、手がかりを残すリスクを冒してまで、兄さんのことを心配してくれたのだ。そんなリカの気持ちを裏切るわけにはいかない。

……自殺屋は実在する。

連絡を取ってみよう。

私はメモに書かれたメールアドレス宛てに、文章を作成し始める。

もしかしたら兄さんの手がかりがあるかもしれない。

ううん、それだけじゃない。私はもう一度リカにも会いたい。リカに会って、お礼を言いたいんだ。

『自殺屋　ご担当者様へ　相談したいことがあります。連絡ください。　ミサエ』

私はそれだけの文面を携帯電話で作って見直す。これで大丈夫だろうか。情報を引き出すためには、自殺屋の機嫌を損ねるわけにはいかない。そのためには、自殺の依頼者を装ってメールをするのがいいように思えた。まずはこれで連絡をしてみよう。そして、次は返事が来てから考えよう。

私は送信ボタンを押した。

兄✤ミサキ

リカが悲鳴を発さなくなってから一週間が過ぎた。

「小指さん、携帯電話が鳴ってますよ」

机の上でぶるぶると振動する黒い塊を見て僕は言う。小指はと言えば、モニターに表示される何かの数値を注意深く観察していた。

「構わない。緊急の連絡が来るような事象に心当たりはない。どうせ迷惑メールのたぐいだろう。後で見るよ」

「はあ、そうですか」

だんだんと小指のまだるっこしい話し方にも慣れてきた。僕は軽く受け流す。小指はリカの様子を観察し続けている。僕は何もやることがない。

ため息をつきながらあたりを見回すと、学生鞄が目に留まった。

リカのものだ。遺品になるから捨ててしまえ、と言う小指の指示を無視して、僕は鞄を部屋に持ってきていた。女子高生らしい可愛らしい鞄。持ち手の近くには紫色をした花柄のアクセサリがくっついている。

この鞄の持ち主は、隣の部屋で巨大な寝袋に包まれて、妄想に支配されながら少しずつ人格を破壊されている。鞄は、今や持ち主と遠くかけ離れた存在になってしまった。

僕はリカの鞄を手元に引き寄せる。チャックを開いて中を探ってみる。単純に好奇心があった。リカという人間はどんな子だったのか。どうして自殺なんかしようと思ったのか。興味が湧いていた。

鞄の中には教科書、ノート、文庫本などが入っていた。ノートには綺麗な文字で整然と数式が並べられている。女の子らしいノートだと思った。勉強ができる子なんだろうな。

僕はパラパラとノートをめくっていく。何枚か数式の書かれたページをめくっていくと、途中から白紙になった。

まだここまでしか使っていないんだな。

そう思いながらも何となくページをめくり続ける。おや。

最後のページに殴り書きのように、何か書かれているのが見えた。

「人間をやめたい」

何だこれは。

その一文から始まる文章。それは、リカの遺書のようにも思えた。

「小指さん、これを見てください」

「なんだい俗物君」

「リカのノートです。遺書のようなものを見つけました」

「何？」

僕は小指にノートを見せた。

「人間をやめたい」

私は人間をやめたい。私は人間として生きていくのには疲れた。なんか違うの。

両親がやりなさいと言うから、勉強もしてみた。なんか違うの。みんながやってるから、友達と遊んだ。なんか違うの。マンガやドラマで見たから、恋愛もしてみた。なんか違うの。

なんか違うの。しっくりこないの。

みんながやってるみたいに、うまく人間でいられない。

私、たぶん人間じゃないんだわ。

みんなのやり方を真似して、人間らしく振舞っているだけなんだわ。

生まれた時からずっと、人間らしく振舞うように言われてきたから、そのまま生きてきちゃった。でもきっと私、違うんだわ。

私、人間をやめたい。

私は本当は何なんだろう？

私。紫になりたいなあ。紫が、好きなの。


「小指さん、このリカの文章は一体……」

小指はしばらくノートを見つめると、突然笑い出した。

「これは面白いな。遺書としてはなかなか独創性があるじゃないか」

「独創性って」

遺書にそんなもの、必要ないだろう。

「なるほどね。彼女なりに考えたんだろうな。今のまま人間として生きるのは嫌だけれど、なら本当は何になりたいのか。人間という枠組みすら越えて、純粋に自分のあるべき姿が何か……それが、『紫』だったんだろう。自分のあるべき姿は、人によって違う。そしてそこに理由なんかないんだ。あるのは直感だけ。自分は人間でなく、紫でありたいと思ったからリカは死を選んだんだ。自分が人間であることを否定したんだ」

小指は愉快そうに手をたたく。

僕には理解できない。自分が嫌になるところまではわかる。今の自分が嫌で、しっくりこなくて、死んでしまいたいというところまでは僕も経験した。

だけどそれで、本当になりたい自分が「人間でない」なんて。そして本当になりたいものが「紫」だったなんて。意味がわからない。どういう思考回路なんだ。想像すると頭がおかしくなりそうだ。

「決まりだな。彼女の新しい人格は、『紫』だ」

小指は満足げにほほ笑む。無茶苦茶だ。

「彼女に新しい人格を作るとして、普通の人間の人格を作っても面白くないと思っていたところだった」

小指はパタン、とノートを閉じる。

「私は彼女を人間ではなく『紫』として育てよう。『紫』という人格を形成させよう。それがリカの望みなのだからね。これは人類初の試みかもしれないぞ。はたして人間を『色』として育てることはできるのか。実に面白くなってきた！　彼女は生まれ変わって

『紫』になるんだ。素晴らしい自己実現じゃないか。こういう自殺の方法を取らない限り、決してできないことだぞ。まさに夢を叶えるための自殺。非常にポジティブな自殺だ」

小指の興奮たるや、見ていられない。

手を振り、首を振り、まるで子供のようにはしゃいでいる。

「俗物君、君もどうだい？　死んだ後になりたいものはあるかな？　キリン？　猫？　それともキンモクセイ？　いやいやサナダムシやボツリヌス菌かな？　安心したまえ、事前に遺書を書いておいてくれれば私がその人格を作ってあげよう」

冗談じゃない。

サナダムシの人格を持った人間を思って、僕は気分が悪くなった。

妹☘ミサエ

私は携帯を見つめている。

「自殺屋」からはメールが返ってこない。しかし、送信エラーが返ってくるわけでもない。

つまりメールは正常に送られているということだ。にもかかわらず、返事が来ない。

私は携帯を見つめている。

兄⚜ミサキ

小指はディスプレイを見つめ、僕はそんな小指の背中を観察してさらに数週間が過ぎた。

「そろそろ頃合いだ」

長いこと何かの検証を行っていた小指が、立ちあがった。僕を見て、ついてくるように促すと、少女のいる部屋へと向かう。

ついに少女が生まれ変わる日が来た。

リカはリカでなくなり、今日から『紫』になる。

はたしてどうやって『紫』という人格を作り出すのか。小指の中ではすでに作戦が出来ているようだった。

小指は歩きながら、真剣な顔で僕に説明する。

「今、少女は自我がほぼ完全に崩壊して、白紙の状態だ。生まれたての赤ちゃん、いやそれ以下かもしれない。赤ちゃんですらお母さんのおなかの中で多少の経験は積んだ上で産まれてくるのだから。いいかよく聞くんだ、これからは彼女を『紫』として扱う。そうすることで彼女に自分を『紫』だと認識させる。それはたとえるなら、修正液で塗りつぶした紙の上に新しい絵を描くような作業になる。失敗は許されない。ひとつ間違えれば液の下からもとの絵が顔を出してしまうかもしれないし、下手をすれば紙が破れる可能性だってある」

「『紫』として扱うって……どういうことですか」

「言葉の通りだ。限りなく『紫』として扱え。法則は二つだ。一、私たちは紫色と彼女とを区別しない。二、私たちは人間と彼女とを明確に区別する。この二つを絶対に守れ。彼女が自分を『紫』だと信じるためには、まず私たちが彼女が『紫』であることを信じなければならない」

「そんなことが、可能ですか？」

「それはただ結果でのみ証明されるだろう。可能だと信じろ。私は信じる」

「しかし……」

「まあ俗物君の不安もわからなくはない。これは非常に難しい作業だ。私たちは表面的な演技はできても、本心から思い込むことは無理だろう。だが救いはある。彼女は『人間』よりも『紫』になりたがっていた。つまりもともと『紫』になる素養があるんだよ。だから私たちはきっかけさえ与えてやればいい。あとは彼女が自然に『紫』になっていくはずだ……致命的な失敗を犯さない限り」

小指には自信があるようだった。これからの立ち振る舞い方について、細かく僕に指示をする。それは厳密で詳細で、ひどく難しいことのように思われた。

「俗物君、わかったかね？　とにかく部屋に入ったら、ベッドに人間が寝ているとは思うな。紫の絵の具が飛び散っているとでも考えたまえ」

「……はい」

「よし。じゃあ『紫』に、会いに行こう」

何週間も開けられることのなかった隣の部屋へのドア。その封印を解き、僕たちは少女がいる部屋に入る。

巨大な寝袋は、ベッドの上でぴくりとも動かなかった。中で死んでしまっているのでは？　僕は不安に思う。

小指は室内灯をつけると、少女の体に取りつけられている器具を一つ一つ外していく。頭巾を外し、耳や鼻、口に取りつけられた装置を慎重に取り除く。目の覆いを取り外した時、僕は思わず息をのんだ。

少女は目を開けていた。

ひょっとして、ずっと開けていたのだろうか？　まばたき一つもせず、おとなしく寝ている。眼球がわずかに動いているから生きているのは間違いない。だけどその印象はひどく異質だった。自分を拘束している器具を外す小指を、ただ静かに見つめている。自分が拘束されていることにも、全裸であることにも疑問を感じている様子はない。

小指が器具を外すにつれて、少女の全身があらわになっていく。手が自由になり、足が自由になった。まるでこの部屋に新しい生命体が生まれていくかのようだ。少女は己の手や足をちらりと見た。興味のなさそうな顔をしている。

その目は、どこか異世界から突然現れたかのような雰囲気を醸し出していた。そこにいるものが、もはや「リカ」とは全く別のものになっていることが……僕にはよくわかった。

やがて全ての器具が外された。

ベッドの上には、全裸で少女がたたずんでいる。突如として目の前に現れた謎の物体である僕と小指を、澄んだ目で見つめている。

美しい女の子だった。だが、その姿は異性としての欲望を感じさせはしなかった。綺麗だ。森の奥で咲く花のような、しなやかに闇を駆ける豹のような……そんな純粋な感動だけを僕にひしひしと与える。

何かを待つかのように目を開いたままでいる少女。

そんな少女に向かって、小指はゆっくりと腕を動かして。

まっすぐに少女を指さすと。

「むらさき」

とだけ告げた。

それは神が創造物に使命を与えるかのような、厳粛《げんしゅく》な儀式のように感じられた。

それから「紫」との生活が始まった。

最初のうちは非常に注意が必要だった。「紫」は人間ではない。だから人間と同じに扱ってはならない。主に行動したのは小指だったが、僕も少し手伝った。

「『紫』を見たら、紫色の絵の具がそこに座っていると考えたまえ。『紫』の世話をする時は、紫色の絵の具の手入れをすると考えたまえ」

小指の言いつけ通り、僕は少女を絵の具だと信じ込むようにした。少女に水を与える時は、絵の具を適切に保湿していると考えて与える。少女の体を拭いてやる時には、紫の物体にくっついた汚れを掃除していると考えて拭いてやる。

室内に置かれている物品のたぐいも、全て小指によって計算されていた。

アルミ製のコップやガラスなど、姿を映すようなものは基本的に置かれていない。

ただし一つだけ、大きな鏡が置かれていた。その鏡は僕や小指などに対しては正しく像を映し出す。しかし少女がその鏡の前に立つと、鮮やかな紫色に染まるのだった。もちろん鏡には仕掛けがある。少女の体に取りつけられたセンサーを感知し、紫色の映像を合成して鏡上に表示するのだ。

小指はその仕掛けを使って、少女に「少女が紫であること」を伝えようとしていた。

まず小指が紫色の物体を持ってきて、鏡に映す。鏡には紫色の物体が綺麗に描かれる。それを少女に見せつけた上で、今度は少女を鏡の前に連れてくる。鏡にさっと紫色の映像が映し出される。

初めて鏡を見た時、少女は少しだけ笑ったように思えた。

小指は色々な方法で少女が紫であることを伝えようとした。

例えば少女を目の前にしながら、よく観察して絵を描く振りをする。その絵は紫一色だ。そして完成した紫の絵を少女に見せつけるのだ。あたかも少女は紫だ、と言わんばかりに。

それを小指は何回も続けた。少女は絵を見ると、かすかに笑った。

時々室内にある紫色のカーテンを絵に描くことも忘れない。僕たちは少女と紫を区別しないのだ。少女を絵に描いて紫色なら、カーテンを絵に描いても紫色なのだ。小指は大まじめな顔で、描きあがった紫色の絵をカーテンに見せつけていた。

少女の体を掃除してやった後は、必ず部屋にある紫色のカーテンも掃除した。もちろんそのカーテンを鏡に映せば紫色の像が結ばれることを、少女にも見せつける。カーテンだけではない。小指の命令で、僕は紫色の花瓶や、食器も同じように扱った。比較対象がカーテンだけだと、少女が「自分はカーテン」だと認識してしまう可能性があるからだそうだ。

少女に水を与えた後は必ず紫色の花瓶にも水を注ぐ。少女をお風呂で洗ってあげた後は、紫色の食器を水で洗う。少女をトイレに連れて行ってあげた後に、紫色のカーテンを抱えてトイレに入ることもあった。なかなかに手間でもあった。

そのようなことをいくつもいくつも行った。

小指の緻密な計算に基づいた指示に従い、僕は少女の前で演技をし続けた。

そしてそれは、何日も何日も続いた。

最初のうちこそ好奇心もあり、ワクワクしながら演技をしていたが、日が経つにつれ疲れてきた。これは途方もない作業だ。物凄《ものすご》く時間がかかる、終わりの見えないことだ。僕はそう思い始めた。

しかし、不思議なことが起こった。

小指の言っていた通り、少女の中で「紫になりたい」という思いが強かったのか。それとも僕たちの必死の演技が少女の心に響いたのか。

ついに、少女は自分のことを紫だと思い始めたらしい。

それがわかったのは、少女がそう言ったからではない。実際に少女が「紫」になり始めたからだ。

信じられない現象だった。

僕や小指から見て、少女は「紫」としか表現しようのない雰囲気を放ちはじめたのだ。

少女が自分を紫だと思い込む、その心が少女の肉体をも変化させたのかもしれない。まるで紫の精のような仕草、振舞い、表情、行動。もし本当に紫というものがこの世に具体的に形を為していたのなら、そうするだろうということをするのだ。誰に教わったわけでもなく、自然と。

水を与えれば、飲むというよりはまるで全身で吸収するかのように摂取する。確かに口から飲んでいるのだが、その様は紫という色が、自らの色を保つために周囲の物質を取り込んでいるようだ。排尿もまた同様で、色の維持のため不純物を廃棄するという、ごく単純な行為に見えた。摂取と廃棄を繰り返して、紫の気配はより鮮やかに、より純粋になっていく。

鏡の前に立った時など、少女の自身が紫だと確信した所作に、鏡の方が恐縮しているようにすら感じられた。

少女は心の底から紫になりきっているようだった。逆に自分を人間だとは思っていない。言葉を話せるようにはならないし、人間らしいコミュニケーションを取ろうともしない。

食事の量は減り、それにつれて排泄物の量も減る。女性特有の生理現象も起こらなくなった。しかし不健康なわけではなく、紫らしい程度に体型は維持しているのだった。

紫になったと言っても、少女の肌が紫色になったわけではない。肌は肌色のままだ。しかしその肌を見ると、どうにも「紫」という印象を受けるのだ。そうとしか言いようがない。体を覆う気配が紫色に満ちている。むしろその肌が肌色であるということが、よく注意して見ない限りわからないのだ。

仮に紫の肌をした人間がいたとしたら、ちょっと気持ちが悪いだろう。それは人間なのに、紫だからだ。しかしここにいる少女はそれとは違う。人よりも紫という印象が優先していた。紫なのに形が人間、というのが正しい。

まさに紫という色が、人間という形を借りて存在していた。

それを紫の精と表現するか、紫をつかさどる神と言うべきか……それはわからない。言葉では何とでも言える。ただそのどの言葉も、正確な表現ではないような気がした。とにかくその存在が、ここにあった。紫がここにいた。

美しかった。

人を超越した美。紫は紫ゆえに、ただ純粋に美しかった。

そして次第に僕は演技をする必要がなくなっていった。

少女を紫として扱うことが、演技する必要がないくらいに自然にできるようになったからだ。それは演技に慣れたということではない。単純に、少女が紫になったからである。

もはや少女は何よりも紫だった。

室内のカーテンも、花瓶も、食器も紫色をしている。しかしそのどれもが、少女の静かで高貴な紫に比べれば色褪《いろあ》せたような、不純物の混ざった紫に思えた。

その手を光にかざせば、紫の影ができているような錯覚すらある。

色覚障害の人に「紫色ってどんな色?」と聞かれたら、少女に会わせればいいだろう。こんな色だと伝えて。

それくらい少女は紫だった。

少女は紫として、生まれ変わったのだ。


ある晴れた穏やかな日。

僕と紫とは、ビルの屋上に二人並んで座っていた。

「ちょうど二カ月くらいかかったことになるね。長いようで、短かった」

僕は言う。

紫は自分が話しかけられているとは思っていないだろう。しかしその大きな目で、静かに僕を見つめている。そこには人間らしい感情はこもっていない。しかし紫色ならではの、大人っぽい優しさをたたえていた。

「……君が、リカから紫になるまでにかかった時間のことだよ」

紫は何も答えない。いや、声に反応すらしていない。紫の前では僕の声も、鳥の羽音も、遠くで聞こえる飛行機の音も、区別する必要のないただの音だ。紫は言葉を理解しない。僕の声が意思伝達を目的としたものだということすら、知らない。

単にこの状況は、僕が独り言を口にしているというだけのことだ。

僕は構わず続ける。

「リカから紫への生まれ変わり。……転生。最初は実感がわかなかったよ。半信半疑だった。でも君はそれを実現してみせた。僕は君を見ているうちに、自殺がとても尊いものに思えてきたんだ。君は自殺して、あるべき姿になった、そんな気がする……それは凄く、素敵なことだと思った」

紫は穏やかな表情だった。僕は紫になる前のリカを詳しくは知らない。どんな風に生きていて、どんな風に悩んでいたのかよく知らない。それでも、リカは紫になってよかったと思える。

「君はそれでよかったんだ。でも僕は違う」

僕はため息をつく。

「僕は何かに生まれ変わりたいわけじゃない。何かに生まれ変わったら楽しく生きていけるかっていうと、そうじゃない。僕は嫌なんだ……この世界が嫌なんだ。よくわからないけれど、君と同じ方法ではダメだ。僕の自殺は、違う方法でなきゃならない」

屋上を優しく風が流れていく。紫の髪はさらさらと揺れ、太陽光線を反射して虹のような輝きを僕に見せた。

「僕はどうして自殺したかったんだろう。よくわからなくなってきた。君が羨《うらや》ましいよ。望むものになれてさ」

僕は空を見上げる。僕の意図を察したのかそれとも偶然か、紫も上を見ていた。ここからは東京で最も高い電波塔が見える。そのはるか上、夕焼けの空は果てしなく広い。電波塔など空《むな》しく思えるほどだ。何層にも重なった雲と色が、広大な時空を支配している。

「僕はね、真っ赤な夕焼けの景色よりも、夜と昼の境目あたりの色が好きなんだ。夜とか昼とかそういう言葉で語れない、不安定な世界がそこに広がっているような気がして」

僕は空を指差した。

赤から青。そして黒へ。

グラデーションの空。

夜と昼の境目がそこにある。

「君は、あれになったんだね」

紫はまばたき一つしなかった。

その潤った瞳で僕を真っ直ぐに見つめ、無言だった。

二章　生きるための自殺　K編

妹❀ミサエ

「自殺屋にお問い合わせいただき、ありがとうございました。現在、お試しユーザの受付は終了しております。正式サービス開始後、改めてご連絡差し上げますのでしばらくお待ちください。お客様の予約受付番号は『12』です。
※サービス開始後、受付番号に応じて優先的に自殺いただきます。本メールは紛失しないよう大切に保存ください」

ようやく「自殺屋」から返事が来た。

本当に存在していたんだ。改めて私は驚く。そして、その文面が思ったよりもずっと礼儀正しいことにさらに驚く。まるでどこかの大企業がプレスリリースで書きそうな文章だ。もっと怪しいお店を想像していたのだが。

しかし、その内容はあまり手掛かりにはならなそうだった。正式サービスを開始していないので、しばらく待てというだけ。他に役立ちそうな情報は何も載っていない。

お試しユーザの受付は終了。リカは、お試しユーザの枠に入れたということなのだろうか。受付番号は十二。少なくとも、私の前に十一人は自殺の予約をしているようだ。ということは、どうなる？　私が「自殺屋」にメールをしたのは、リカが消えてから二週間後。

仮に、リカが最後の「お試しユーザ」だとしても……たったの二週間で、十一人が応募をしているということだろうか。

そんなにたくさん、自殺したい人がいるの？

日本の自殺者数は多いと聞いたけれど、あまりにも多すぎる気がする。何人かは「自殺屋」が自殺を手伝う所ではなく、単に悩み相談が出来る所だと勘違いして応募しているんじゃないだろうか。

何より、テレビで宣伝しているわけでもない「自殺屋」に、どうしてこんなに客が集まるんだろう。自殺したい人がいるとしても、その人がこの「自殺屋」に辿《たど》り着ける可能性なんて、ごくわずかだと思うんだけどな。

待てよ。

そもそもリカは、どうやってこの「自殺屋」を見つけたんだろう？

決して社交的な方ではないあのリカが……。

リカが友達と話しているところも、携帯電話をいじっているところも見たことがない。

一体、どうやって。

私はリカがくれたメモを、ぼんやりと眺めた。

兄✢ミサキ

　小指は外を眺めていた。

　一緒に暮らすようになってしみじみ感じるが、小指は本当に変な奴だ。ひたすらパソコンに向かってピアノでも弾くかのようにキーを乱打していたかと思えば、数秒後には耳栓をつけて目を閉じていたりする。かと思えば突如として冷蔵庫からミカンを取り出し、皮をむいて食べる。しかも、食べているのは皮の部分だったりする。

　次の瞬間何をするかわからない、意味不明の男だ。その小指が大人しく外を眺め続けているなんて、何だか不気味だった。

「俗物君」

　話しかけてきた。嫌だな。

「すまない。君の面白い自殺方法、まだできないんだ」

「え？　ああ、はい……別に構いませんけど」

「正確に言えば、自殺の方法は思いついてはいるんだよ。前から温めていた、素敵なアイデアがあってね。でも、自信がないんだ。なくなってしまったんだ」

「どうぞ、好きなようにしてください」

　僕は紫に与えるための粥を作っている。紫は少量しか食べ物をとらないが、最低限の食事は与えなくては生命を保てない。その仕事は僕の役目になっていた。

「私としたことが、情けないな。原因はわかっている。紫の自殺だ。紫の自殺は結果的にはうまくいったと言えるだろう。今まで私は様々な自殺を試してきた。それこそ無数の自殺を。その中でも五指に入る成功例かもしれない。でも駄目だ。それがむしろ私の自信を刈り取っていく」

「何、ぶつぶつ言ってるんですか。思わせぶりな独り言を言っていれば、慰めてもらえると思ったら間違いですよ」

僕は小指の言うことを聞いてやらない。

「やはり、私自身が気づいているからだろうな。紫は、私の力で生まれ変わらせたわけではない。あの方法は、最善をつくしたとはいえ……振り返ってみれば、穴だらけの杜撰《ずさん》なものだ。上手《うま》くいったのは奇跡。いや、紫の意思のなせる業《わざ》だろう。自分自身が無力に感じられる。悲しくて仕方ない」

なぜなら、小指も僕の言うことをほとんど聞いてはいないからだ。

「あ、俗物君。いたのか」

さっきお前から話しかけてきたんだろうが。

「ずっといましたよ」

「それは失礼した。俗物君、私は気分がすぐれないんだ。俗物君ならこんな時どうやって解決している？　君の意見など役に立たない可能性が高いとしても、一応鼓膜のトレーニング程度にはなるだろう。聞いてみたいものだ」

「そうですね。一般的には友達と会って遊ぶ、とかなんじゃありませんか」

小指は感心したように頷く。

「……なるほど。それはいい案かもしれないな」

「小指さん、あなたに友達なんているんですか」

小指は僕の嫌味には反応せず、さらりと言った。

「ああ。久しぶりにあいつに会いに行こうかな。あいつもいつか自殺するだろうし、会っておかないと死んでしまうかもしれない」

小指はつぶやくと、力なく立ち上がった。


ライフメンタルクリニック。

小指の車に乗せられて辿り着いた所は、そんな名前の小さな精神科病院だった。

この小指の友達。それだけで僕の中で不安が渦巻く。これだけわけのわからない奴と友達でいられる人間。それは凄《すさ》まじく心の広い聖人か、もしくは同じくらいわけのわからない変人に違いない。

小指はエンジンを切ると、言った。

「ついたよ。ここに私の友達がいるんだ」

「まさか、隔離入院されてる患者じゃないでしょうね」

小指は乾いた声で笑う。

「そうだな、ここに入院している奴らも友達だ。しかし、今日会いにきたのはここの医者なんだ。院長もしている」

ほっと胸をなでおろす僕。医師か。

それならば、どちらかというと聖人タイプの「小指の友達」なのかもしれない。

そんな僕に小指はもう一言つけくわえた。

「病気になっても、あいつにだけは診《み》てもらいたくないけど」

……やっぱり、嫌な予感がする。

その予感は車を降りて、病院に近づくにつれて強くなっていった。

この病院、変だ。

一言で表現するなら「汚い」。

病院は三階建ての小さな建物だが、おそらく当初は白かっただろう壁面は泥や埃《ほこり》でまばらなグレーに染まっている。あちこちにツタが伸びて絡みつき、庭には雑草がわんさか生えている。手入れをしていないのだろう。入り口の近くには「ライフメンタルクリニック」の看板。これもまた、傾いている。

駅からは遠く、周りは林ばかりで人家もまばら。こんなところにひっそりと建っている汚いビル。看板がなかったらただの廃墟としか思えない。わざわざやってくる患者なんているのだろうか。

僕は小指のあとに続き、玄関に向かって歩く。小指が立てつけの悪いドアを開くと、周りにいた小さな虫たちがさっと散らばった。

院内は、外から感じた印象ほど汚れてはいなかった。

入ってすぐそこは待合室。長椅子が三つほど置かれているが、待っている人は誰もいない。やっぱり患者なんか来るわけないよなと考えていると、受付から声がかけられた。

「今日は休診日ですよ。それともご面会希望ですか？」

ガラスの向こう側から男がこちらを見ている。僕はそいつを見て一瞬、目の錯覚が起こったかと思った。

傾いているのだ。

四角形の受付のガラス。その向こう側、事務室にいる人間の顔が、おかしな角度から覗いていた。普通であれば四角形の底辺の真ん中あたりから首が生え、そのまま四角形の中心あたりに顔が来る。しかしそいつは違った。四角形の左下側の頂点、角の部分から首が生えている。四角形の中心あたりに顔が来るのは同じなのだが。ガラスを隔てて向こう側では、重力が斜めに働いているかのようだった。

「やあヘシオリ君。久しぶりだね。院長はどちらかな？」

「ああ、あなたですか……院長なら院長室です。そこの階段で三階に上ってつきあたりですよ」

「ありがとう」

ヘシオリ君。それも小指がつけたあだ名なのだろうか？　ヘシオリ君は階段の位置を示すため、受付から体を乗り出して部屋の隅を指さしてくれた。その時、あだ名の意味がよくわかった。

彼は痩《や》せていて、そしてとても背が高い。まるで一本の棒のようだ。そんな彼は腰のあたりから、彼から見て左側に傾いていた。

「く」の字そのものである。傾斜は四十五度ほどあるだろうか。その姿が棒をぽっきりへし折ったように見えるから、「ヘシオリ君」なのだろう。

僕と小指はヘシオリ君が教えてくれた階段を上る。

「小指さん、あの人は一体」

「ヘシオリ君のことかな？　ヘシオリ君は、いい奴だよ」

「……傾いてましたけど」

「うん。彼はデリケートなんだ。傾斜に凄く敏感な性質でね。床が完全に水平なのか、あるいは多少傾いているのか、すぐにわかるらしいんだ。何かこう、水平じゃないと気持ちが悪いらしいよ」

「え？　だから傾いているんですか？」

「そう。最初のうちは、わずかな傾きに対して自分が水平でいられるよう多少力を込めて立つ、という程度だったらしいけれど。だんだん傾いて立ってないと落ち着かなくなったそうだよ」

「そりゃ完全に水平じゃない床なんていっぱいあるでしょうけれど。でも、あの人四十五度くらい傾いてましたよ？　どう考えたって、この病院がそんなに傾いているわけがありません」

小指は僕を見て、ほほ笑む。

「現実なんて、関係ないんだよ」

ツタで覆われた窓から差し込むわずかな光が、階段を照らしている。

「どうも彼いわく、『地球は右側に傾いている』らしいんだな。そう、信じている……いや、信じているわけでもないと思う。事実そうなんだろう。それが彼の平衡感覚の欠陥なのか、脳神経の異常なのかはわからないけれど」

「それ、ただの病気じゃないですか」

「ヘシオリ君の症状を『病気』として、狂人だと片付けてしまうのは簡単なことだ。でもね、彼から見れば逆に私たちの方が、おかしいことになる。私たちの方が『傾いている』ことになるんだからね」

「そんなわけないじゃないですか。地球が四十五度も傾いているだなんて、ただの妄想ですよ」

「それは、君がマジョリティに属しているからそう思えるんだよ」

「マジョリティ？」

「大多数ってことさ。自分と同じ意見の人がたくさんいるから、自分は正しいって思えるんだ。疑わないんだ。君がもしヘシオリ君の立場だったらどう思う？　素直に自分が間違っていると認めて、病院へ行けるだろうか？」

「……行け、ますよ」

「ふん。果たしてそうかな。まあどちらでもいいけどね。ヘシオリ君だって別に嘘をついているわけじゃないんだ。ただ自分が感じることが、他人と一致しないのさ。誰とも共感できない。そもそも変な奴だと思われて友達もできない。傾きに関する感覚が少しずれているだけで、善良な奴なんだけどね」

善良な奴……。

確かにヘシオリ君は異常ではあったけれど、悪い人ではなさそうだった。大人しくて、優しそうで、少し引っ込み思案な感じの人。

傾きについては他の人に言っても、理解してもらえない。だからあえて言わず、自分の心の中に留めるだけにしておこう。……そんな、静かな謙虚さと思いやりを持っているように思えた。

僕が同じ目にあったら、あんな態度を取れるだろうか？　自分だけが傾いていて、他の人がそれに気付いてくれなかったら。自暴自棄になったり、当たり散らしたりすることなく、自分の「異常性」を受け止めることができるだろうか。

わからない。

「…………」

「確か三階と言っていたな。もう一つ上か」

二階まで辿り着く。小指は首をかしげながら、三階への階段を見つめる。

「でも、小指さん。どうしてヘシオリ君みたいな人が受付をしているんでしょう。彼はむしろ、患者として入院しているべき人なのでは？」

「この病院には看護師も医者も、正規の職員なんて誰もいないんだよ。だから彼らがああいう仕事をしている。正確に言えばここは病院ですらないわけだ」

「え……？」

僕は困惑する。何だよそれ。病院でないのなら、ここは何だ。何を目的とした施設だ。

突然、けたたましい音と共にドアの一つが開かれる。

「うがあああぁっ」

「待て！　待てってば！　九千九百八十七万三千九百四十二……九千九百八十七万三千九百四十二！　落ち着けって、おい！」

思わず体がびくっと震える。

何かわけのわからないことを言いながら、二人の男が部屋から飛び出してきた。一人の男は小さな薬瓶を大事そうに持ち、眼前の窓に向かって吠えながら突進する。もう一人は必死に呼びかけて、その行為を止めようとしているようだ。

「ぐおおおお」

窓までは数メートルもない。錯乱している男はあっと言う間に窓に取りつくと、手にした瓶のふたを開けて中身を窓に塗りたくり始めた。瓶の口にはスポンジのようなものがついていて、薬液が塗りやすい形状をしている。見覚えのあるデザイン。どうやらあの瓶は、虫さされの薬のようだ。

「おい！　我慢しろよ！　部屋の窓だけで十分だろ？　九千九百八十七万三千九百四十二。もう、そこの窓掃除すんのオレの仕事なんだからさ。九千九百八十七万三千九百四十二。おいったら。落ち着けっての！　うわくっさい！　くっさいから。その薬、めっちゃくさいんだよオイ。……九千九百八十七万三千九百四十二！」

片方が必死で止めようとするが、窓に塗りつける手は止まらない。あっという間に窓はびしょびしょになり、虫さされ薬特有の刺激臭が廊下には立ち込める。やがて薬がなくなってしまったらしい。男は薬瓶を乱暴に投げ捨てると、今度は窓を爪で引っ掻《か》きはじめた。

ガリガリ。ガリガリ。

「あああああっあああああっ」

必死の形相で、でもその中にどこか嬉しそうな笑顔を浮かべながら一心不乱に引っ掻いている。

「ああもう。いいよ。もういいよ。勝手にしろよ。勝手にすりゃいいよ。そこまでやったんなら、どうせ掃除する手間は同じだから好きなだけやったらいいよ。ったくよう、しょうがない奴だなあ。九千九百八十七万三千九百四十二。お前オレに本当、感謝しろよ。まーわかるけどよ、お前の気持ちも。九千九百八十七万三千九百四十二……ええと、きゅうせん、きゅうひゃく、はちじゅう、ななまん、さんぜん、きゅうひゃく、よんじゅうに！　っちくしょう」

もはや止める気をなくしたのか、もう一人の方は頭を引っ掻きながらため息をついた。

そして、放り投げられた薬瓶を拾おうと僕たちの方へ歩いてきた。その後ろではまだ、男が奇声を上げながら窓を引っ掻き続けている。

何なんだよこの状況。一つも意味がわからない。

僕は凍りつく。

小指は一歩進み出て、床を転がっている薬瓶を拾う。

「はい、これ」

「あ、どもっす。おや、あなたですか。久しぶりですね。九千九百八十七万三千九百四十二。えーと確か……名前……？」

「名前なんて何でもいいよ。好きに呼べばいい。検算君、元気だったかい」

小指は薬瓶を「検算君」に手渡した。

「オレはまあ、元気ですよ。あなたもお変わりなさそうで。でもねえ、あそこで騒いでるからわかると思いますが、ガリガリ君の奴がどうにも辛そうで。九千九百八十七万三千九百四十二。最近症状が悪化しているみたいなんですよ。オレ、見てらんないっすよ」

窓をかきむしっているのはガリガリ君という名前のようだ。全部、小指がつけたあだ名なのかもしれない。

「検算君、さっきから呟《つぶや》いているその数字は？」

「九千九百八十七万三千九百四十二。ああ、今一億の計算をしてるんです。すいませんね、最近はどこまで計算したか忘れないように時々つぶやくの、癖になってるんですよ。九千九百八十七万三千九百四十二。でももうちょっとです、世紀の瞬間は近いですよ」

「せ、世紀の瞬間……？」

僕は思わず声を上げる。検算君はきょろっと目を剝《む》いて、僕を見た。

「おや、他に人がいたんですね。ああ……なるほど……九千九百八十七万三千九百四十二。ちっとも気付かなかった」

僕はぺこりと頭を下げる。

「どうもはじめまして、僕の名前は……」

小指が遮って言う。

「俗物君だ。ここに入院するタイプの人間じゃないが、まあちょっとした知り合いだ」

「へえ。よろしく。九千九百八十七万三千九百四十二。検算君です」

検算君は勢いよく礼をした。分厚いメガネがずれるが、検算君は慣れた手つきでさっと元の位置に戻す。検算君は色が白く、痩せていて猫背で、がり勉という表現がぴったりだ。

「一応ちゃんと自己紹介したほうがいいんですかね。オレ、数学が大好きなんすよ。数学。だから検算君ってあだ名もらったんです。言わせてもらいますけど、この病院の中の誰よりもオレが一番数学には詳しいっすね。九千九百八十七万三千九百四十二。オレ今ね、凄い研究をしてるんすよ。何だと思います？　一億です。一億を計算してるんです」

検算君は前のめりの体勢で僕に迫ってくる。

「一億を計算……？」

「九千九百八十七万三千九百四十二。そうです。一億です。ゼロに一を一回足したら一になる。ゼロに一を二回足したら二になる。ここまではアホでもわかる理屈です。ええ、当然ですとも……。九千九百八十七万三千九百四十二。でもねあなた、ゼロに一を一億回足したら本当に一億になるのか？　これ、一見一億になるように思えるでしょ？　でもね、わからないんですよ。あなたわかります？　証明できます？」

「え？　いや、その」

「これ確かめるにはね、ちゃんと手で一億回足すしかないってことですよ。九千九百八十七万三千九百四十二。世の数学者がやらないってんなら、オレがやります。少なくともね、九千九百八十七万三千九百四十二回足したら九千九百八十七万三千九百四十二になりましたよ。あと少しです。この調子で行ったらたぶん一億回目には一億になるでしょうな。当然それは予想できます。でもね、油断は禁物。どこかでずれないとも限らない。予想外の変化が起きる可能性だってある。慎重に慎重を期して、オレは一億になるまで一億のことを完全には信じませんよっ」

検算君は物凄い早口で言いきった。オレの研究はすごいだろう、と言わんばかりに胸を張ってにこにこしている。

「いや、そんなことわざわざ計算して確かめるまでもないでしょ……」

僕は言うが、またも小指に遮られる。

「なるほどね。その研究は実に独創的じゃないか。確かにそれを実際に計算した人はいないかもしれないな。盲点というべきだろう。もしこれでゼロに一を一億回足した数が、一億でなかったら……数学界に激震が走るだろうね」

そんなことになったら大激震だよ。なるわけがないように数学は作られているんだから。僕は心の中で思うが、言いだせない。

「でしょう？　いやあ、あなたならわかってくれると思ってましたよ。そうですとも。何億円であれを買っただの、世界に人間が何億人いるだの、全部意味合いが変わってきますからね。九千九百八十七万三千九百四十二。統計も経済も根本から考え直しですよ。でもオレはね、別に激震を与えたくてこんなことやってるわけじゃないんですよ。オレはただ、確かめたいんです。一人の数学者としてね。これが学問を追究する者の義務ですし、ごく普通の姿勢なんですよ」

にっこりと笑う。

「うううう……」

窓を一心不乱に引っ掻いていたガリガリ君が、力尽きたようにへたり込む。少しべそをかいているようだ。検算君がはっとガリガリ君の方に向き直り、駆け寄る。

「大丈夫か？　おい。気はすんだか」

「ううう……うん。ありがとう。ごめん、ごめんよ」

検算君は二十代後半くらいに見えたが、ガリガリ君の方は中学生くらいに見える。まだ成長途中の体は細く、華奢だ。うめき声をあげながら窓に突進している時は気がつかなかったが、優しそうな顔をしている。

「いいって。よしよし、辛かったな。九千九百八十七万三千九百四十二。気がすんだら部屋に戻ろう。あと少しは飯も食わないとダメだぞ。体壊すからな……さ、つかまれ」

まるで兄弟のように、検算君はガリガリ君をいたわっている。

「ごめん。ごめんよ」

検算君に支えられて、ガリガリ君は立ち上がる。二人は寄り添いながら、出てきた部屋へと向かって歩いていく。

「こんなんじゃダメだ。このままじゃ、やっぱりダメだ。きりがない。やっぱり、やっぱりダメなんだ……」

部屋にその姿が消える直前、うめくようなガリガリ君の声が聞こえた。

「二人とも、面白い奴だろう」

小指が僕に笑いかける。僕たちは三階への階段を上っていた。

「いえ、そりゃ度肝は抜かれましたけどね。面白いと言うか、何と言うか」

「そうかな。検算君の病的なまでのこだわりには、私は興味を惹《ひ》かれるけどな」

「一を一億回、でしたっけ？　こだわりというか……単に正しく数学を知らないだけのような気がしますけど」

「確かに、数学というものは、ゼロに一を一億回足したら一億になるとして作られた学問だ。だから数学的帰納法も成り立つ。これは当たり前のこと。しかし、検算君にその知識がないわけではない。彼はああ見えて、数学系の大学院を出ているんだよ」

「えっ……」

「もちろん、大学院でも散々変わり者扱いされていたらしいけどね。色々な理論を学んではみたけれど、結局自分の手で確かめてみないと納得ができなかったんだろう。どこまでやれば納得できるのか、満足できるのかというのは、人によって違うんだよ」

「だけど」

「トイレットペーパーでお尻をふく時、ふいてもふいても汚れが残っている気がしてふき続けてしまう人がいる。トイレットペーパーを何巻きも使っても、お尻の皮膚が破けて血が出ても、止めることができない。君はそれを病的だと笑うかもしれないけれど、じゃあ逆に『これくらいふいたからOKだろう』という見切りをどういう根拠でつけているんだい？」

「それは、話が違うんじゃありませんか」

「違いはしないよ。結局のところ凡人は、どこかで妥協してしまうということだ。そして妥協しない人間をバカにしたり、奇異の目で見るんだよ。しかし偉大な天才は、妥協せずに突っ走ることから始まる。検算君も言っていたけれど、それがある意味では学問に対する真《しん》摯《し》な態度なんだ。分子の構成がどうなっているのか。生命の起源はどうなっているのか。光は粒子なのか波動なのか……知らなくても特に困りはしないことを妥協せずに考え続け、調べ続けた人たちがいる。そういった検算君のような人たちの研究のおかげで、たくさんの素晴らしい発明が生まれたんだ。その恩恵を受けて生きる私たちに、彼を笑う権利なんかない」

……そうだろうか。詭弁《きべん》じゃないか。

「少なくとも、妥協せずにトイレットペーパーを使い続ける奴の方が、凡人より尻が綺麗なのは間違いない」

小指は笑う。

人類の前に立ち塞《ふさ》がる大いなる謎を研究してきた偉人たちと、どうでもいい研究に無駄な時間を費やす検算君を一緒にしてはいけないんじゃないか。僕はそう思ったけれど……何だかうまくその違いを説明できそうになくて、黙り込んだ。

ああああああー。

ガリガリガリガリ。

遠くから声と音が聞こえてくる。ガリガリ君がまた窓を引っ掻いているのだろう。

「ガリガリ君という人は、何がしたかったんですか」

僕は小指に聞いてみる。

「ああ、ガリガリ君は空が痒《かゆ》いんだ」

「はい？」

小指の言葉が理解できない。

「ガリガリ君は空が痒いんだ」

聞き間違いではない。二回聞いても理解できない。

「空が……痒い？」

「そうだよ。空が痒いんだ。腕を蚊に刺されたら腕が痒いだろう？　あの感覚が空に対してもあるんだそうだ。痒くてたまらなくなると、空が映っている窓をかいたりする。少しは気が紛れるとは思うが、空を直接かけるわけじゃない。はっきり言って気休めだ。辛いだろうな、ガリガリ君は」

「そんなことありえるんですか？」

小指は僕を見つめて呆《あき》れた顔をする。

「ありえるもありえないも、実際にガリガリ君はそうなんだから仕方ないだろう？　そんな嘘をついたって誰も得しない。彼は空と神経がつながっているんだ」

そして再び三階に向かって歩き出した。

実際にそうなんだから仕方ない。

実際に傾いているから仕方ない、実際に一億が気になるから仕方ない、実際に痒いから仕方ない……。ヘシオリ君も、検算君も、ガリガリ君も……。

みんな、別に悪い人間じゃない。ただ、そう「感じるだけ」なんだ。ただ自分の感覚に素直で、一生懸命に生きているだけ。他人に感覚を押しつけるわけでもなく、自分の世界で大人しくひっそりと、お互いに理解できない全く別々の狂気を心の奥底に抱えながら……。

この病院には、こんな人たちばかりが集まっているのか。

まるで動物園だ。異なる動物が、それぞれ必要以上に干渉せずに暮らしている動物園。

ここは人間の動物園。

　頭がくらくらしてくる。

「この部屋か」

　突き当たりで小指が言う。

　目の前の扉には「院長室」と書かれていた。

「私だ。入るよ」

　小指がドアをノックする。そして、返事を待たずに開いた。

　室内を見て、僕は息を呑んだ。

　ここは病院の一室だ。ビルの中だ。壁と床と天井で区切られた空間のはずなのに。そこには青空があった。どこまでも青く透明に澄み切った空、まばらに浮かぶ白雲、そして無数の桜の花びらが世界を覆い尽くさんばかりに舞い散っている。

　空の真ん中には小柄な一人の女性が立っていた。

　彼女が「院長」なのだろうか？

　女性が身につけているのは絵の具で汚れたジーンズだけ。半裸、裸足《はだし》。長い赤茶色の髪を振り乱して、何か必死に作業している。肌に光る汗が眩《まぶ》しい。

　猛烈な匂いが鼻を突く。これは美術室の匂いだ。油絵に使う油と、絵の具の独特な匂い。

　女性が手にしているのは木製のパレット、それから絵筆。床には絵の具のチューブが何本も転がっている。この部屋で絵を描いているのだ。カンバスは部屋。天井も壁も床も絵の具を塗りつける対象。青空も白雲も桜も、絵……。

女性は絵の中で、絵を描いていた。

「やあ、『K』」

小指が声をかける。

Kと呼ばれた女性はちらりと僕たちの方を見た。しかしすぐに目を逸らすと、筆で色を塗りつける作業に戻る。

「どうだい、経営状況は」

「ちょっと待ってて」

小指の質問に、Kはぶっきらぼうに答える。

そしてパレットに大量の絵の具を出し、筆を使って物凄い勢いで混ぜ合わせた。気に入った色ができたのか、今度は筆でその色をすくいとり、壁に叩きつけるようにして塗る。ばしっと音がして絵の具が飛び散る。絵の具が垂れて下に落ちる前に、その上からさらに塗りつける。絵を描いている、なんて表現が全くそぐわない。まるで怒りにまかせて人を殴っているようだ。

急がなきゃ。

そんな焦りが感じられるようだった。

おそらく、彼女の頭の中にはすでに絵ができあがっている。それを一刻も早く現実に再現しておかなくては、このイメージが消えてしまうかもしれない。急がなきゃ。どうして手はたったの二本しかないのか？　どうして人間の手はこんな速度でしか動かない？　どうして絵の具は混ぜ合わせてやらなければ混ざらないのか、どうして絵の具は塗らなければ塗れないのか！　急ぐんだ、一刻も早く描く！

そんな感情がＫの全身から溢れ出て、僕にまで伝わってくる。

それはほとんど憤怒にも近い、感情の爆発だった。

Ｋが腕を振るたびに筆が風を切って唸《うな》る。一部、筆では思ったような形に塗れなかったらしく、壁に突進して指や肘《ひじ》を使って絵の具をぼかす。油が足りないと感じれば瓶に詰まった油をぶちまけ、また筆で殴りつける。歯を食いしばり、絵を鋭く睨《にら》みつけ、激しい闘志をみなぎらせて……全身で描く。

文字通りカンバスと格闘しているようだ。汗だくになるのもわかる。

何なんだこの人は。

今日会った人の中で一番おかしいぞ。

「君の言う『ちょっと』は当てにならないからな。今回は何時間待てばいいんだい」

「ちょっと待ってて」

Ｋは突っぱねる。突然の来訪者よりも、目の前の絵の方がずっと大事らしかった。

つくづく、凄まじい光景だった。

Ｋは絵の具のチューブを絞るのも面倒になったらしく、チューブを中央からハサミで切断してじかに中身を取りだし始めた。その絵の具を手にべっちゃりと乗せ、再び壁を殴る。

平手打ち、正拳突き。かと思えば、突然愛しい人を抱くかのように愛撫《あいぶ》する。次の瞬間には筆を両手に持ち、狂ったように斬撃を加える。

しかし、そうやって作られていく絵は実に見事なものだった。僕は絵を見て感動などしたことのない人間である。美術の教科書に載っている偉大な芸術家たちの絵を見ても、「ふーん」ですませていた。しかし目の前で作られている空の絵には、体が震える。

その空にはどこまでも続いていくような透明感があり、雲には近づけばかき消えそうな儚《はかな》さがある。そして桜の花びらはまるで、本当に風に乗って舞い散っているようだ。これが絵であることを忘れて、心地よい風をありありと感じてしまう。

そんな絵が僕たちを包囲するがごとく前後上下左右にあるのだ。まるで自分が空中に浮かんでいるような錯覚に陥る。ここは空中だ。空だ。まだ色の塗られていない部分は、空になりきれていない場所。Kはそこに色を塗り、きちんと空に変えていく。

Kはそれ以降、一言も話さなかった。

「俗物君、しばらく待つしかないね」

小指はあきらめたように言うと、外に出ていく。ついていくと、給湯室で紅茶を入れていた。僕たちは紅茶を載せたお盆を持って、院長室に戻る。

暴れ回りつつ絵を描く女性の横で、僕と小指は紅茶を飲む。

空中で飲む紅茶の味は、格別だった。

何時間が経っただろうか。

「……疲れた」

女性がつぶやくとともに、膝《ひざ》から崩れ落ちた。

ぜえ。ぜえ。喘鳴《ぜんめい》を含んだ呼吸は荒く、乱れた髪を伝って汗が落ちる。

「シャワー浴びてくる……」

そしてその場に筆とパレットを置くと、ふらふらと僕たちの横を通り抜け、部屋を出ていった。

「ようやく一段落ついたか。夢中になると周りが見えなくなる奴だからな」

ふうと息を吐く小指に僕は聞く。

「あの人、一体何者なんですか」

「この病院の院長だよ。画家でもある。画家としてのペンネームは『K』という。ただ、院長として診療する気があるのかどうかはよくわからないな。暇があれば絵ばっかり描いてる気がする。いつ来ても受付で『休診日です』って言われるからね」

「え？　でも、患者さんはいるんですよね？　二階は入院患者用の部屋みたいでしたし、検算君たちは……」

「患者はいないんじゃないかな。ヘシオリ君とか検算君とかは、みんな勝手にやってきて住みついているらしいよ。周りに居場所がなくなってとか、家族が扱いに困って押し付けるような形でここに辿り着くんじゃないかな。逆に普通の患者はこんな病院、気味悪がって来ないだろう」

「よく逮捕されませんね」

「ん？　だけどKはお金を取っているわけでもないし、違法行為をしているわけでもない。ちょっと個性的な人たちと静かに暮らしているだけだからな。警察が捕まえるべき人は他にたくさんいるさ」

「……しかし……」

理解できない。病院の院長が治療そっちのけで、芸術に没頭する。そして勝手に変な人たちがそこに集まって、のんびり暮らしている……。そんなことがこの日本で起こっているだなんて、理解できない。

「俗物君、ひょっとしてKがこの病院の中で一番頭がおかしいって言いたいのかい？　そうだとしたら実にいい考えだ。私も同意見だからね」

「いや、そういうわけじゃありませんが……」

「うん。あたしも同意だ。精神科病院の院長が、狂っていないとは限らないさ」

ドアがすっと開き、そよ風のようにKが入ってきた。

柑橘系のシャンプーの香りが部屋に満ちていく。

「だけど、頭がおかしいってのは芸術家にとっては褒め言葉だよ」

にこっと笑うK。

体中についていた絵の具を落とし、髪を整え、メガネと白衣を身に着けている。知的で落ち着いた雰囲気。さっきまで血走った瞳で大暴れしていた女性とはほとんど別人だ。その気品は院長の名にふさわしい。

「待たせて悪かったね。一体何の用で来たんだい？　先に言っておくけれど、頼みごとならお断りだよ。あんたの面倒事にこれ以上付き合わされるのは、うんざりなんだ」

「そりゃ申し訳ない。でも、今日は特に用事があって来たわけではないんだ」

「用事がないのに来たって？」

Ｋは不思議そうな顔をする。

「遊びに来た、と言えばいいのかな」

小指の言葉に、Ｋがけらけらと笑う。

「あんたらしくないね。いや、逆にあんたらしいか。そうかい、遊びに来たか。まあいい、元気なようでよかった」

ふと、僕とＫの目が合う。

「はじめまして」

僕は頭を下げる。

Ｋは少しだけ考え込んだ後、言った。

「……新しい人がいるんだね。誰だい？」

「ああ、俗物君だ」

「またひどいあだ名をつけたもんだね」

「別にいいだろう。つける私の自由だ」

小指はさらりと言ってのける。僕の意向は無視か。

「まあ、そりゃそうだけどさ」

Kも慣れている、という感じで笑った。

妹❀ミサエ

リカのお母さんの前で、私は仲良しのクラスメイトを演じることに専念した。

突然訪れた私のことを、彼女は嫌な顔一つせず家に入れてくれた。

「リカのこと、心配してくれてありがとう」

お母さんは品良く笑う。疲れているのか、その笑顔には力がなかった。

「いえ。とんでもないです。あの私、こないだリカさんにちょっとお世話になったんです。これはそのお礼です。本当は直接渡したかったんですけど……」

私はクッキーを差し出す。嘘は言っていない。

「ああ、わざわざありがとう」

「だいぶ前に買ったものなので、ちょっと硬くなっているかもしれませんが」

「賞味期限は過ぎていないもの、平気よ。お茶入れますね」

お母さんは台所へと歩いていく。

私は所在なくたたずむ。マンションの一室であるリカの家は、小ぢんまりとしているけれどよく整えられていて、上品だった。こぽこぽとお湯が注《つ》がれる音を聞きながら、私はあたりを観察する。

『リカのお部屋』

そんなプレートがかかったドアを見つけた。少しだけ開いている。

「ここが、リカさんのお部屋ですか」

「ええ、そうです」

お母さんの声を背中で聞きながら、私は隙間から中を窺《うかが》う。

「どうぞ、入っても構いませんよ」

「えっ」

いいんだ。

「お友達ですものね」

「ありがとうございます」

実は、そのために来たのだ。私はドアをゆっくりと押しあけて中に入る。きいと蝶つがいが振動する。

リカの部屋は綺麗だった。

本棚が一つ、机が一つ、ベッドが一つ。本棚には整然と文庫本が並んでいる。リカの性格通りだと思った。カーテンやシーツのたぐいは、高貴な印象の薄い紫色に統一されている。紫色が好きなのだろうか。よく思い出してみれば、リカはブックカバーも落ちついた感じの紫色で揃えていた。

「リカの部屋はそのままにしてあるんですよ。そうしておけば、急に帰ってきてもリカが困らないでしょう」

私は一度だけ振り返って、お母さんが食卓にティーカップを並べているのを確認する。こっちを見てはいない。よし。思い切って足を踏み出して、中に入った。

探す。

音をたてないように引き出しを開け、キャビネットの中を確認する。リカがどうやって「自殺屋」のことを知ったのか？　何か手掛かりになるものはないか。

例えば……そう、誰かの紹介ということも考えられる。誰かって、誰だ？　学校関係者ではないと思う。バイト？　いや、リカはバイトはしていないと聞いた。それ以外で、リカが誰かと話をしに行くような場所……。

机の端に、カードが見える。

『診察券　ライフメンタルクリニック』

まさか。病院。

「お茶が入りましたよ」

お母さんの声。

私はとっさに、その診察券をポケットにしまい込んだ。

さすがに持ってきてしまったのはまずかっただろうか。

まあ、後で返せばいいだろう。

リカの家を出て、帰路の途中。私は診察券を掌《てのひら》に載せながら一人考え込む。ライフメンタルクリニック。精神科病院のようだ。書かれている住所はそれほど遠くない、電車で数駅程度のところ。駅から徒歩二十分というのが少し気になるが。

リカが精神科病院に行っていたなんて、知らなかったな。

鬱《うつ》病とか、そういったものだろうか？

少し線の細い所のある子だったから、何か人に言えないような病気を抱えていたのかもしれない。

そう、兄さんのように……。

私は兄さんのことを思い出す。

実の兄であり、この世に残ったたったひとりの肉親。

私が生まれた時、すでに兄さんは病気だった。

小児喘息《ぜんそく》、アレルギーに始まり、全身性エリテマトーデス、シェーグレン症候群。兄さんは入れ替わり立ち替わり様々な病気を発症していった。風邪が流行れば真っ先に倒れ、伝染病のたぐいは漏れなく感染する。一生付き合っていかなければならない病気も多く、兄さんはその時間のほとんどを病気の治療に費やした。

そのせいか、性格も一風独特。ひどく無口な日もあれば、鏡に向かって何事か饒舌《じょうぜつ》に話している日もある人だった。それで精神科に連れていかれたこともあったと思う。

産婦人科を除く、ほぼ全ての診療科を兄さんは制覇したのではないだろうか。

兄さんと同じ遺伝子を貰ったにもかかわらず、私は丈夫で健康だった。外で遊んでばかりでこんがり陽焼けした私と、家で本を読みふけっては考え事ばかりしている兄さん。二人が並んだ写真は色黒と色白で、まるでオセロ。

私はお友達と、ドッジボールもかけっこもできた。卵も牛乳も大豆もお肉も問題なく口にすることができた。兄さんはその全てができなかった。兄さんは夜は呼吸困難で眠れず、起きている間は痛みに苦しみ、夏はあせも、冬はあかぎれで肌が血まみれになった。私にはその全てがなかった。子供心に兄さんに申し訳ないと思ったこともある。あまりの不公平さに、後ろめたささを感じたこともある。

でも、どうしようもなかった。

年が五つ離れているだけなのに、二人の世界は違いすぎた。だから話をすることもそんなになかったし、話したとしても内容は噛みあわなかった。両親が死んでからはさらに交流は減り、私と兄さんは同じ屋根の下で、ほとんど別々に暮らしていた。

それでも私は兄さんが、好きだった。

あれはいつのことだったか。小さい頃だったと思う。小学校に上がる前あたりか。時期は忘れてしまったが、今でも覚えている兄さんの言葉がある。

「兄さん。今、辛くない？」

そう聞いた私に、兄さんは言った。

「何が？」

「病気が」

兄さんは笑う。

「お前はいつも元気だな」

「うん」

兄さんの手が私の頭を撫《な》でる。

「教えてあげるよ。お前の病気は、兄ちゃんが全部もらったんだ」

「えっ？」

「そう。兄ちゃんは、お前の病気が欲しかったんだよ」

「どうして」

「知りたかったんだ。辛い思いや、苦しい気持ちを。欲しかったんだ。健康な人間への嫉《しっ》妬《と》も、差別される悲しみも。痛い分だけ、生の実感がある。限られた生活だから、楽しい。病気によって得られるたくさんのものを、兄ちゃんはひとり占めしたかった。だから先に生まれて、お前の病気を全部もらってしまったんだ。早いもの勝ちさ」

「うそ。病気が欲しかったなんて、うそでしょ」

本当は欲しくなかったに決まってる。

「お前は病気がもらえなかったから、そう思うんだ。そう自分に言い聞かせて、羨ましいって気持ちを隠しているんだよ」

「うそだ」

誰だって好きで病気になんかなるもんか。

「病気が欲しかったから、病気をもらったのか。それとも、病気をもらったから、病気が欲しかったことになったのか。どっちだったのかは兄ちゃんも覚えていない。でもそんな順番はどうでもいいんだよ。な、ミサエ」

「……兄さん」

「病気をくれて、ありがとう。とても大切にしてる。ミサエがくれた病気は、とても素敵だよ」

白い顔で、骨ばった手で、私の頭を撫でてくれる兄さん。

およそ兄さんと十分以上会話したのはその一回だけだったように思う。だけどそれで十分だった。それだけで、私は兄さんが兄さんだと信じることができた。世界でただ一人、私だけの兄さん。

兄さんだけが持っている病気は、私たち兄妹の間に立ち塞がる壁から、絆へと変わった。

私はそれが、嬉しくって……。

「兄さん。今、辛くない？」

そうやって時々聞くのが癖になった。

「ミサエがくれた病気は、とても素敵だよ」

兄さんは必ずそう返してくれる。

私たちはお互いの言葉を確認して、笑った。

それは兄さんと私だけの挨拶だった。秘密の合言葉だった。たった一言交わせれば、私たちは繋がっていられた。

「兄さん。今、辛くない……？」

私は思わずそう口にする。

返事はなく、ただ私の横を風が吹き抜けていく。

兄⚜ミサキ

Kと小指は、雑談をしていた。が、会話は驚くほど盛り上がらない。

「いい天気だ」

「そうでもないんじゃない」

「そうかな」

「悪くもないけど」

「そう」

「うん」

沈黙。

お互いに会話を続けるという意思がないように思える。ぱらぱらと泡のように会話が生まれ、弾《はじ》けては消えていく。そして間に挟まるのは長い沈黙。僕はそんな二人を半ば呆れながら眺めていた。

しかし、その沈黙は重々しくなかった。むしろかすかな香りを含んだ春風のように広がり、部屋を洗い、僕たちを包み込む。二人がそれを楽しんでいるのがよくわかった。言葉なんて面倒くさい、別にそんなややこしいもの使わなくたっていいじゃないか。会話は沈黙にちょっとだけ風味を加えるスパイス。それでいい。

そんな二人の意思が、感じられた。

小指とKは恋人同士というわけでもないようだし、一体どういう関係なのか。僕は二人の沈黙を観察しながら、漠然と考え込んでいた。

「……あんた、落ち込んでるでしょう」

Kがそう言うと、空気が変わった。

「わかるか、やっぱり」

それまでお互いに均衡していた、Kと小指の力関係。それがすっと変化し、Kが保護者のように小指に優しく語りかけた。小指はそれを受け入れる。いつも上から目線で話しかけてくる小指の、意外な一面だった。

「わかるわ。あんたとは長い付き合いだから」

「私だってたまには弱気になることもある」

「そうでしょうね。その『俗物君』を一緒に連れてきているあたり、それが滲み出ているわよ。いつものあんただったら一人で行動したって平気なはず。寂しいのかしら？　それとも……自分の行動を誰かに見てもらいたいのかしら。しっかり見て、客観的な判断を下してくれる誰かに」

「俗物君はただの自殺志望者だ。私のお客にすぎない。そんなことは最初から期待していないよ」

Kは全てを見透かしたような瞳で笑う。

「そうかしらね」

「そうだとも」

「ま、そういうことにしておきましょう」

Kはポケットから煙草の箱を取り出すと、慣れた手つきでくわえて火をつけた。すうと煙が立ち上る。

「あんたって、昔からそうだよね」

「何がだい」

「強烈な信念も、確固たる哲学も持っている癖に、変なところで弱気なんだわ」

小指が不満そうに眉間《みけん》に皺《しわ》を寄せる。

「弱気なんじゃない。自信がないだけだ。それは、情報不足や解析不足から来るものであり、純粋に理論上の最適解が得られていないというだけのことだ」

「別になんでもいいけど」

小指のよくわからない言い訳を、Kは聞き流す。

「あんたは自分の自殺を頑張ればいいわ。迷いながらでも、弱気になりながらでも、少しずつ前に進んでいるんでしょう」

「まあ、そうだが」

「あたしはあんたの自殺をちゃんと手伝った。もうすぐ『正式サービス』を始めるつもりなんでしょう？　もうあたしがすることはないはずよ」

「ああ、十分に手伝ってもらった。感謝している」

何だか二人の間でわけのわからない会話が始まった。僕はイライラする。正式サービスだの何だの、自分たちだけが理解できる単語で話さないでほしい、僕が完全に置いてけぼりだ。

「うん。あたしの役割は終わりつつある。この部屋の絵ももうすぐ完成する。そろそろあたしも自殺しようと思うんだ」

「ついに実行に移すのかい」

「そう。これで終幕ってわけ」

僕は唖然《あぜん》とする。

何を言っているんだこの人たちは。

簡単に自殺するとか、しないとか。

Ｋは僕の方を向いて、にやっと笑った。それから小指をにらみつけ、

「ねえ、今度の金曜日。せっかくだからあたしの最後の絵を見物しに来ない？」

そう言った。

この人たちの考えていることは、僕にはさっぱりわからない。

妹❀ミサエ

汚らしい。ぼろい。不快になるというほどではないが、病院なら少しくらい見かけに気をつかってもらいたいものだ。「ライフメンタルクリニック」は、患者なんて来なくていい、という姿勢がうかがえるような所だった。

「今日は休診日ですよ」

入ってすぐの受付では、私を見もせずに変な男がそう言う。

「あの、ちょっとお伺いしたいことがあって来たんですけれど」

「ご面会希望なら、適当にどうぞ」

面倒くさそうにこちらを覗く受付の男は、不自然に体が曲がっていた。背骨が歪んでいるのか何なのかわからないが、気持ちが悪い。

「は、はい」

私が引いているのがわかったのか、男はぷいと奥に引っ込んだ。

待合室には人の気配がなくなった。私はひとりぼっち、立ちすくむ。

休診日。

だからって別に構わない。リカの手がかりがあるかないか、それだけ確かめることができればいい。私は待合室の隅をにらむ。そこには階段があった。上の階は入院病棟らしい。看護師さんでも、お医者さんでもいい。誰かいるだろう。誰でもいいからつかまえて、少し話ができたら。

私はおそるおそる、その灰色の階段を上っていく。

うなじのあたりがピリピリと突っ張るような感じがする。何か嫌な感じだ。ここは私が今までに来たことのある病院とはどこか違う。表面だけそういう風に装っているけれど、その実は何か全く別種の生物の巣のよう。階段を一段踏み越えるごとに足の裏から響く音が、密林の奥地で腐葉土を踏みつけているような違和感を残していく。

何か、聞こえる。

「……九千九百八十七万五千二百十三」

何人かの人間が歩き回るような音とともに、声が。

私は耳を澄ます。

「九千九百八十七万五千二百十三。わかっています。準備はできていますから。九千九百八十七万五千二百十三」

「よし。明日にはここを引き払って、最終スタンバイに入る」

女性の声。それを打ち消すように、何か金属をひっかくような音。

ガリガリガリガリ。

「ガリガリ君、もう少しの辛抱だぞ。思いっきり空をかけるからな」

ガリガリガリガリ。

心なしか音が嬉しそうな雰囲気に変わる。

「よし、検算君は荷物を車に積み込みはじめてちょうだい。あたしは画材の確認をしてくる」

「わかりました。九千九百八十七万五千二百十三」

「うん」

女性の声が途切れると、かつかつと足音が響きはじめた。音は私がいる階段へと近づいてくる。まずい。どうしてかはわからないが、見つかってはいけないような気がした。

かつかつ。

どこかに身を隠す？　どこに？　体が強張《こわば》って動かない。足音は自信まんまんに、確固たる決意を感じさせるリズムで近づいてくる。あっと言う間に、階段の踊り場にその姿が見えた。白衣を身に着けた知的な女性だった。女性はきらりと光るメガネの端で私をとらえた。その眼光は鋭く、私は蛇に睨まれたカエルのごとくすくみあがる。

かつかつ。

しかし一定のリズムは途切れることなく、私に近づいてくる。涼やかにすれ違うと、そのまま階下へと進んでいく。風に揺れてその赤茶色の髪がふわりと浮かび、ほのかに柑橘系の香りを散らす。気が付いていないはずがない。しかし、女性は私に対して無関心だった。

「あの」

思わず私は声をかける。

私から三段ほど下の段で、女性は振り返った。

「何かしら」

今、忙しいのだけど。そんな心の声が聞こえるような表情。

「えっと。あの、ここのお医者さんですか」

「ああ、まあそうね。私は院長」

すっと伸びた背筋と、はきはきした口調。それらの印象は、その院長だという女性の存在感を身長以上に大きく見せた。

「あの、私……リカさんの、あ、藤川リカさんです。そのクラスメイトなんですけれど、リカさんがこの病院に通っていたと聞きまして」

どう話したらいいんだろう？　変な聞き方をしてはまずい。だけどうまい言い方が思いつかない。院長の拒絶的な態度の前に、私は混乱していた。

「藤川リカ。なるほど、ちょっと聞いたような気もする名前だわ。一度くらい来たことがあったかもね。それがどうかした？」

「その、あの、自殺屋という話を聞いて」

自殺屋。その単語を出した途端、院長の表情が少し和らいだ。

「ああ、そのこと」

「はい、あの、何か」

ご存知でしょうか。私がそう聞く前に、院長は私に名刺のようなものを差し出した。

「確かにあたしは自殺屋の紹介もやっているわ。と言うよりは、自殺屋のやつに頼まれて、自殺したそうな人にこれを配っているだけなんだけど。紹介のボランティアね」

渡された紙製のカードには、無機質なフォントで「自殺屋」という文字と、連絡先メールアドレスが記載されていた。そのメールアドレスはリカから教えてもらったものと同じである。

「あんたも応募したいならそこに連絡するといいわ。もっとも、まだ『正式サービス』前だから、少し待つかもしれないけれどね」

じゃあ、それでいいでしょ。そんな感じで院長は私に背を向ける。

「待ってください」

私は呼び掛ける。まだだ。ここまでは知っている。その先のことが知りたい。

「あの、兄がここに来ませんでしたか？　ここに来て、このカードをもらいませんでしたか」

「あんたのお兄さん？」

院長が振り返る。

「はい。名前は、ミサキ……」

「名前を言われてもわからないわ。いちいち覚えていないもの」

「ええと……二十代前半で、私よりも少し背が高い、色白でやせ形の」

院長は手を胸の前で小刻みに振る。

「ああ、いやいや、わかんないわかんない。そんなこと言われてもわかんない。そういう人いっぱい来るもの。そうだね、そういうことならお兄さんの件はむしろ自殺屋に直接聞いた方が早いんじゃないかな」

「そ、そうですか」

「しかしタイミング悪かったね、ついさっきまでここに自殺屋が来てたんだよ」

「えっ？」

「ああ。あたしとちょっとだけおしゃべりして、ちょうど帰ったところだった。まだそこらへんにいるかもしれないから、追いかけてみたら」

「ありがとうございます」

私は頭を下げる。

そうとなったら急がなくては。私は階段を飛ぶように降りる。院長の横を通り抜けて、一階を目指して。

そこでふと思いついて、振り返る。院長は私を見つめていた。

「あの」

「ん？」

「もし見つからなかったとして、またここに来れば自殺屋の人に会うことができますかね」

「ん、あー」

「定期的に来ているとか、そういうご関係なんですか？」

「もうここに来ても意味はないよ」

院長はメガネのふちをなぞりながら言う。

「どうして？」

「この病院は今日で廃業だから」

「えっ」

「ここでのんびりやってるのにも飽きたから、あたしは絵を描きに行くんだ。それが、あたしのやらなきゃならないことだから」

何を言っているのかよくわからない。しかし、ここを片付けてどこかに出かけてしまうらしいことはわかった。さっき上の階から聞こえてきた会話の内容も、そんな感じだった。

院長はにこっと笑う。

「よかったらあたしの絵、見に来てよ」

「あ……はい。絵描きさんだったんですね。展示会があるんですか？　どこで見られるんですか」

院長は少し考え込み、口にする。

「そうだね……錦糸町、今週の金曜日、昼過ぎくらい。そこあたりが一番見やすい場所のはず。……ひょっとしたら自殺屋のやつも、見に来るかもしれない」

「あ、そうなんですね。あの、場所は？　錦糸町のどこで」

「えーっとね。錦糸町で降りたら、改札の正面から前に進んで。それでわかるはず」

「ありがとうございます」

私はそれだけ答えると、走り出す。最後に見えた院長の顔は、何か不思議な笑みをたたえていた。

病院の入り口から出て、ぐるりと一周する。誰の姿も見えなかった。

やはり自殺屋はもう行ってしまったのだろうか。

私はため息をつく。こうなったら仕方ない。院長が開くという絵の展示会に行って、そこで会える可能性に賭けるしかないか。

下を向いた私の耳に、排気音が聞こえた。

一台の車が遠ざかっていく所だった。

あれがもしかしたら、自殺屋……。

そんなことが心に浮かんだが、その車の窓を見た途端に吹き飛ぶ。

男の後ろ姿が見えた。少し華奢で、俯《うつむ》き気味で、肩幅はそんなにないけれど首筋はすらりと伸びている。

兄さん。

「待って！　兄さん！」

私は叫んだ。そして走った。兄さんの乗った車は私に気づくことなく、滑るように走り去っていく。必死で地面を蹴《け》って追いかけるが、距離は開くばかり。車が角を曲がる。何十秒か遅れて私も同じ角を曲がり、見る。

車の姿はどこかに消えてしまっていた。

ナンバーを覚えておけばよかった。そこまで気が回らなかった。私は荒く息を吐きながら、男の後ろ姿を思い出す。

兄さんに似ていた。凄く似ていた。

兄さんを追い求めるあまり、そう見えてしまったのだろうか？　私は自分の心に問いかける。返事はない。額の汗をぬぐう。

兄さんはまだ死んでいない。生きている。そうだ、生きているんだ……。

私はそう、自分の心に言い聞かせた。

兄✣ミサキ

「やはり、来てよかった」

小指がハンドルを回しながら、独り言のように言う。

「そうですか」

「Kの強い意志を感じていると、私も元気が湧いてくる。それに、タイミングも良かった。

Kが最後の絵を描く前に会えたのだから。私も自分の自殺を頑張らないといけないな」

「それなんですけどね、小指さん」

「ん？」

「『正式サービス』って何なんですか？」

「ああ、俗物君には話していなかったな」

「話していませんよ」

「それがまさに、私が考えている素敵な自殺方法なんだ。私はその方法で自殺しようと思っている。ひょっとしたら、その自殺が俗物君にとっても参考になるかもしれない。だいたいそんな感じだよ」

「そんな大雑把《おおざっぱ》な説明じゃよくわかりません。きちんと説明してください。ここまで連れ回しておいて、そんなの僕は嫌ですよ」

小指は一つ大きな息を吐くと、自分の言葉を一つ一つ、確認するかのように話し出した。

「いつか話すよ。しかし今、私はびっくりしていることがあるんだ。それを口にしてもいいかい」

「なんですか一体」

「俗物君。君は最初、ただ自殺したいだけの人間だったはずなのに、いつの間にか態度がひどく大きくなったな。いや、それは別にいい。問題は、私が君と話すことを、思いの外楽しんでいるということだ。そんな自分を見つけて、私は驚いている」

「僕は小指さんと話してもそんなに楽しくないですよ」

「私は楽しいんだよ。不思議だな。本当に不思議だ。私はこんな性格だから、人と話すとすぐに喧嘩になってしまうんだ。喧嘩になると私自身も悲しいから、あまり人と話さないようにしている。でも俗物君とはそれが気にならない。どうしてだろう。やはり俗物君が他の人と違うからだろうか」

「僕は僕です。他の人間と比較されても困ります」

「いや、俗物君が特別というよりは、相手の話を聞く私の精神状態が変化しているのかもしれないな。私は普段は、君のような俗物の話に耳を傾けたりはしないんだ。それが、俗物君に対しては少し会話をしてみようという気分になる。それは過去と比べて相対的に私が弱気になっているという表現が正しいのか、しかし」

「いい加減にしてください！」

僕は声を荒らげる。小指が驚いたように僕を見る。

「いちいち話し方がまだるっこしいんですよ。理屈っぽく話せば僕が納得するわけじゃありません。僕はその話し方、嫌いです」

「………」

小指はしばらく沈黙していた。

少し言い過ぎたかもしれない。僕は反省して、目をつぶる。確かに僕は態度がでかくなっているようだ。

「……すみません。でも、僕、イライラしたんです」

「ううう」

小指が何とも奇妙な顔をしていた。苦虫をかみつぶしながら笑おうとしているような変な顔。

「ギルギル」

「え？」

「ギルギルメルケレカルテルテ、イイカヌカ」

「何を言っているんですか」

「カネカヌカネルリラ、カネラリルラ、カネナルリラ」

大真面目でそう続けた後、ひとつ溜息《ためいき》をつく。

「ううん、難しい。やっぱり駄目だ」

僕はわけがわからずにただ目を丸くする。

「ごめん、俗物君。今のはね、話し方を変えてみたんだ」

小指は真顔でそう言う。僕は呆れる。

「何やってるんですか。馬鹿にしてるんですか」

「俗物君は、こんな話を信じてくれるだろうか」

不安そうな顔をしながら、小指は話し始める。

「私は、頭の中で色んなことが駆け巡っているんだ。それはそれは凄いスピードでね」

僕は眉間にしわを寄せる。急に何を言い出すのか。

「それは流れ星のようでもあり音楽のようでもある。追いかけて文字にしたくても追いつけない。私はそれに振りまわされている。すさまじい勢いで変化し成長する自分の思考が、自分でもうまく表現できない。昔からずっとそうなんだ。だから私は誰かに話す時、理屈っぽくなる。感情に任せて話していては、自分が自分の脳に吸い込まれて壊れてしまいそうになるから。一つ一つ理論を手掛かりにして慎重に話して行かなければ、私は人とコミュニケーションが取れないんだよ」

「え……」

「何も考えずに素直に話そうとすると、さっきみたいに意味のない言葉しか言えなくなってしまう。理解し合えない、一方通行の言葉にね」

「本気で言ってます？」

「本気だとも」

そう答える小指の目に、濁りはなかった。僕はその灰色がかった瞳を見つめる。深い深い海の底に、ただ一つぽつんとたたずむビー玉。そんな気配があった。

「……そうですか」

「だから、少しくらい理屈っぽくなることは勘弁してくれたまえ。それでも、伝わらないよりはマシじゃないか」

言い訳には思えなかった。本当に小指は、そうなのかもしれない。言いたいことがうまく言葉にできないから、逆にまだるっこい話し方になってしまう。少し申し訳なさそうに言うその横顔を見て、僕の中で小指に対する感覚が変わっていくのを感じた。上から目線で知識をひけらかすような男だと思っていたが、本当はひどく純粋で、優しい人間なのかもしれない。

……何だか、あの病院にいた人たちに似ている。検算君や、ガリガリ君や、ヘシオリ君。彼らの、一風独特だけれどもどこか無害な印象に。

「小指さんって、変わっていますね」

「自己を比較対象として見れば、他人はすべて変わっているものさ。人間は同一ではないのだから」

小指はややこしい言い方で僕の話を受け流すと、アクセルを踏んだ。

結局、「正式サービス」の詳細についてはタイミングを逃してしまい、聞くことができなかった。

妹☙ミサエ

私は家で状況を整理していた。

リカの通っていた病院の院長が、自殺屋のあっせんをしていた。その病院で見た、兄さんらしき後ろ姿。そして、院長の絵の展示会。そこに自殺屋の人間が来るかもしれない。

ひょっとしたら、兄さんも一緒に。

今週の金曜日、昼過ぎくらい。錦糸町で降りたら、改札の正面から前に進めばわかる。

院長はそう言っていた。

私は念のため、パソコンで当日の催し物を調べてみた。しかし、絵画展の情報は一つも出てこない。

変だな。

一般には公開していないということだろうか？　それにしたって何の情報も出てこないというのは妙だ。

ふう。

どちらにしろ、行くしかない。

他に手がかりはないんだもの。

兄✤ミサキ

その日はとてもいい天気だった。

「一冊の小説があるとする」

小指が何か独り言を言い始めた。

「その何万字という文字のうち、一つだけが別の文字に入れ替わったとする。意図的な間違いか誤植か、それはわからない」

　僕は紫の髪を整えてやりながら、ぼんやりと話を聞いている。

「たった一つの文字が入れ替わっても、それは元の小説と変わらないものとして受け入れられるだろう。当然だ、ほとんど変わらないのだから。読者の中には、変化に気づかない者も多いだろう」

　小指が独り言を言うのは珍しくはない。いちいち僕は気にしないことにしている。

「では、二文字入れ替わったとしたら？　一文字入れ替わったものが、元の小説と変わらないものなのだから、それからさらに一文字を入れ替えてもやはり同じものだろう。それを繰り返す。三文字でも同じだ。四文字でも。何文字も何文字も入れ替えていく。やがて小説の文字は全て別のものに変わってしまう。その時、小説は完全に別の小説になっている。しかし、別のものに変わった瞬間が『何文字入れ替えた時』なのか。それは誰にもわからない」

　早口言葉みたいなことを言っているな。

「人間もそれと同じだ。狂人という言葉があるくらいだ、正気ではない人間が存在するという事実がある。しかしどこからが狂気でどこからが正気かなどということは、誰にも決められない。わかるのはたった一つ。狂人も、正常な人間も、そして私も『人間である』という共通点だけだ。どんな小説も『有限個の文字で書かれている』という共通点のように」

　僕は相変わらず聞き流している。が、前のようにイライラはしなくなった。

あれは小指なりに自分の思考を整理しているだけなのだ。ほうっておけばいい。

「だから『これ』も、見る人によって違うのだろう。狂気の産物だととらえる人もいれば、これこそが正しい世界だと考える人もいてしかるべきだ。私はどちらの人も否定しない。お互い、『これ』を見ているという共通点が確認できればそれでいい」

そこで初めて僕は、手を止めて小指の方を見た。

小指は珍しくテレビを見ているようだった。何の番組だろう？　画面に映っているものが一瞬信じられず、僕はまばたきをする。

「犯人からの要求は明らかにされておらず、現場では混乱が続いています。なお犯人は小銃で武装しており、少なくとも現在までに三回、威嚇射撃を行ったことが確認されています」

深刻な表情で何事か画面に向かって話しているアナウンサー。その後ろに巨大な怪物のようなものが見える。特撮映画だろうか？　僕は目をこらす。紫が何かを感じ取ったかのように、ふいと首をかしげる。

「東京スカイタワーの周辺道路は一時通行止めになっています、外出される方はご注意ください」

怪物ではない。映っているのは巨大な塔であった。しかしその姿は明らかに異様である。どういうことだ。僕はテレビに近寄る。

「占拠された東京スカイタワー内の職員の安否については、依然として不明です」

東京スカイタワー。

噂には聞いたことがある。超高層ビルの増加に伴い、今までの電波塔では電波障害が発生するようになってしまったため、新しい放送用のタワーを建設すると。その高さたるや六百メートルをはるかに超え、操業開始時点では世界一高い電波塔だという。居並ぶ超高層ビルのさらに上、スラリと伸びるその美しいシルエットは、ポスターなどで盛んに宣伝されていた。

その東京スカイタワーが、占拠されたって。

そう言われてみれば画面に映っているのは、確かにあの東京スカイタワーの形だった。しかしどこか異様な雰囲気だ。血なまぐさい気配。何かが変だ、何かが……。

それに気付き、僕はぎょっとする。

東京スカイタワーには二つ、塔の中腹に展望台がある。その様は細長い塔にドーナツを二つ通した、と表現してもいい。その下側のドーナツから「出血」しているのだ。赤いペンキでも流しているのだろうか。どす黒く赤い色がだらだらと塔の上から下へと垂れている。それは細い赤の線にすぎなかったが、清楚なホワイトで塗装された東京スカイタワーの上ではやけに目立つ。

その様は不気味の一言だった。

白銀に光り輝く塔が、血だらけになって太陽の下に身をさらしている。

「何ですかこの無茶苦茶は」

テロでも起こっているのだろうか。

小指が興奮を抑えられないという口調で答える。

「犯人からの要求なんてあるわけがない。きっとこの状況そのものがKの悲願だったのだから」

こうしてはいられない。そんな気配で小指が立ち上がる。僕に一瞬視線を向けると、頷いてみせる。

「俗物君、行くぞ」

「行くって、どこにですか」

「あの塔に上りに行くんだよ。Kの絵を、すぐそばで見るんだ」

「何言ってるんですか。今あんな所に行ったら、僕たちまで逮捕されますよ」

僕の意見に耳を貸す様子もなく、小指は駆けだして行く。

仕方ない。

「紫、ちょっと待ってて」

紫は静かに椅子の上で天井を見ている。よし。

僕は小指を追いかけて部屋を飛び出す。

最後の絵。Kが言っていた最後の絵とは、これなのか?

全く意味がわからない。こんなことをして、何になるっていうんだ。

妹ミサエ

どうしてこんなに電車が混《こ》んでいるんだろう。

車窓から見える道路の様子も何か異様な気がする。車が何台も連なって渋滞しており、その隙間をパトカーと救急車が凄まじい勢いで駆け抜けていく。何か大きな事故でもあったのだろうか。よりによって私が外出する日に事故が起こらなくてもいいのにな。

時刻はそろそろ十二時になる。少し早く来すぎただろうか。しかし現地であの院長の絵画展の場所を探さなくてはならないのだから、早目なくらいでちょうどいいだろう。

「おい、これ」

「え、マジ？」

車内がざわついている。私の前でつり革につかまっている大学生風の男が携帯電話を連れの女性に見せている。私はその様子をぼんやりと見ながら文庫本のページをめくる。

「今起きてるみたい」

「え？　これすぐそこでしょ」

「マジマジ」

「見に行く？」

私の背後からも声が聞こえてくる。

「次は錦糸町、錦糸町――」

あ、この駅だ。

私は文庫本を閉じると、電車のドアを見据える。どの出口から出るんだっけ。改札は一個だけだったから、大丈夫だよね。初めて降りる駅ではいつも緊張してしまう。

あたりの乗客がそわそわしている。私以外にも降りる人がたくさんいるようだ。乗り換えが多い駅なのかな。

兄✤ミサキ

ニュースで言っていた通り、周辺道路は通行止めにされていた。迂回路を指示されるが、小指は適当に駐車場を見つけてそこに車を突っ込ませる。

「ここからは走るぞ」

ドアを蹴るようにして開き、弾丸のように飛び出す小指。車に鍵さえかけない。

「待ってください小指さん、本当に行くんですか」

僕は叫ぶ。

「当たり前だ」

「捕まりますよ」

「俗物君、君は自殺するつもりなんだろう。ならば今更怖いものなどないはずだ」

「いや、捕まったら自殺できませんから。ちょっと、聞いてますか？　待ってください！」

小指の足は思ったよりもずっと速い。華奢な体に見えたが意外と運動神経がいいのだろうか。僕は息を切らせながら追いかける。

小指一人で行かせて、僕は遠くで見守っていようか。その方がいいように思える。

頭ではそんなことを考えながらも、僕の足は止まらなかった。小指についていかなくてはならない。必死で手を振り、ひざを上げて走る。その気持ちがどこから来るのかわからない。だけど、小指と一緒に行ってKの絵を見なくてはならないような気がした。無我夢中で走る小指、その体と僕がゴム紐か何かで結ばれているよう。僕は小指に引っ張られるようにしてただひたすらに走った。

本当は僕もKの絵を見に行きたいのかもしれない。あの院長室で空の絵を見た時、確かに僕は感動した。あの時からKに好奇心を抱いてしまったような気がする。

初めて見る街の中、全ての建物を見下ろすようにそびえたつ東京スカイタワーを目指す。道を曲がり、人を避《よ》け、時折天を見上げてタワーを確認しながら。時として道は分かれ、僕たちを惑わす。最短距離だと思った道が行き止まりだったり、左に曲がりたいのにどれだけ行っても曲がり角が出てこなかったり。それでも確実に着実に、僕たちは東京スカイタワーに近づいていった。

妹❦ミサエ

錦糸町駅前はひどく混雑していた。

少しダイヤが乱れているが、電車は通常どおり動いている。それにもかかわらずたくさんの人がごった返していて、なかなか動かない。見れば、みんな上を向いて何かを見つめているようだ。私もそれに倣って空を見上げてみる。

快晴。

宇宙空間まで透き通っているかのような綺麗な空。その空を突き刺すように立っているのは東京スカイタワーだ。

一瞬見間違いかと思って下を向き、目をこする。

何度見ても同じだった。東京スカイタワーが「汚れて」いる。赤いペンキがその中腹からあふれ出しているようだ。巨大な東京スカイタワーに比してペンキの量はさほどでもないのだろう、細い線となって太い塔にからみついている。流れ出したペンキは風や塔の凹凸で独特の軌跡を生み出し、まるで生物のような個性を醸し出している。

あれは何かの宣伝キャンペーンだろうか？　確かに目を引く。それにしてもずいぶん大掛かりなことをするものだ。ちょっと趣味も悪い。ため息をつきかけた私の頭に、ある発想が突き抜けていく。

まさか、あれが絵？

院長が言っていた、病院を廃業にしてまで描きたかった「絵」。

青い空、その中で赤い線と踊る東京スカイタワーは周囲のどの建物よりも高く、自らをアピールしていた。私を見ろ、とでも言うかのように。

嘘でしょ。

東京スカイタワー宣伝のためのキャンペーンの一環として、スカイタワーを塗る。あの院長はそういったことを企画する関連会社社員……ってこと……？

パトカーがサイレンをけたたましく鳴らしながら、私の近くを通り過ぎていく。一路、東京スカイタワーを目指して。

違う。キャンペーンなんかじゃない。

あの院長は、東京スカイタワーをこのために占拠したんだ。違法に。

清潔な白衣を着た院長の、メガネの奥で輝いていた理性的な目を思い出す。意志の強そうな、澄み切った目をしていた。

東京スカイタワーは私の視界の先で、魔女の潜む城のように鮮やかなコントラストで、邪悪に浮かび上がっている。

ひょっとしたら自殺屋のやつも、見に来るかもしれない――

心がどきんと鳴った。

私は歩き出す。

兄✢ミサキ

「どいてくれ！」

「すみません、通してください」

東京スカイタワーを見ているのだろう、野次馬が増えてきた。上を向いてぼうっと立ちつくしている人たちの隙間を縫い、時には押しのけ蹴散らしながら僕たちは走る。

「道を開けてくれ！」

「ごめんなさい、失礼します」

罵声を発しながら突き進む小指、謝りながら駆け抜ける僕。

「俗物君、私から離れるな」

小指がさっと手を伸ばして僕の腕をつかむ。その手は筋張っていたが、熱かった。

東京スカイタワーはすぐそこだった。

道にも、そばのビルの窓にも野次馬がいる。ビルの屋上には缶コーヒー片手に上を見ているスーツ姿の人影があった。

彼らの視線の先へと、僕たちは向かう。

妹☙ミサエ

「通してくれ！」

「すみません、通ります」

後ろから声がしたかと思うと、私の横を歩いていたおじさんがバランスを崩した。思わず見ると、地面に尻もちをついたおじさんがぽかんと口を開いている。その前を突風のように何かが通り過ぎていった。

東京スカイタワーを目指している。

まさか。

私はすぐさまその姿を追う。汗だくで、息を切らしながら走るその人影は、まぎれもなく。

「兄さん！」

兄さんだった。

見間違えるはずがない。兄さんはこちらに気づいた様子もなく、全力で野次馬の中を駆け抜けていく。やっぱり生きていた。やっぱり生きていたんだ！

私は兄さんを追いかける。見失うもんか。

兄さん、兄さん、兄さん。待って！

自殺屋が見つかる前に兄さんの方が見つかったけれど、結果オーライだ。

兄さんがこじ開けた人の隙間に私も飛び込み、かきわけて前へと進む。早い。信じられない。兄さんがこんなに足が早いなんて。ダメだ。追いつけない。兄さんははるか先を走っている。

「兄さん！」

聞こえないの？

「兄さん！　ミサキ兄さ……」

必死で声を絞り出した私の口が柔らかいもので塞がれた。視界が真っ暗になる。私は尻もちをついていた。目の前に体格の良い初老の男性がいて、不機嫌そうに私を見下ろしている。

「おい、気をつけろよ」

「ご、ごめんなさい」

頭を下げる。私がぶつかったその男性は、ムッツリとしながらもアスファルトにお尻をつけている私に手を差し出し、起き上がらせてくれた。

兄さんの姿は、見えなくなっていた。

兄♰ミサキ

走る僕たちの後ろから、女の子の悲鳴らしきものが聞こえた。

「兄さん！」

兄さん。どこかで聞いたような、印象に残る声。誰のことだろう。構っている暇はない。

僕は走る。

妹☙ミサエ

兄さん。

私は何回か兄さんの名を呼んでみたものの、周りの人が怪訝《けげん》な顔をするばかりで、兄さんの姿は見えなかった。

届かなかった。届かなかったのか……。

お願い、兄さん。聞こえたでしょう？　私の声を覚えていたら、こっちへ来て。

お願い……。

私は祈るような思いで、東京スカイタワーを見上げた。

兄✤ミサキ

東京スカイタワーの根っこが見えるところまで来た。

遠くから見た時はそうでもなかったが、間近で見るとなんと巨大な塔なのだろう。巨人が両端を持って少しねじったかのようにひねりを有する細長い円柱状の鉄骨が無数に組み合わさり、複雑な曲線を描く。まるで、空を目指して絡まりながら伸びる樹木のように見えた。

喉《のど》の奥がぜいぜいと鳴る。さすがに全力疾走は、きつい。

「俗物君、大丈夫か？」

小指は小休止して僕の方を振り返る。

「ちょっと、喘息があるんです。慣れてるんで平気ですけど。それより小指さんこそ、大丈夫ですか。人のこと言えないくらい、息が荒いですよ」

「どうということはない。見ろ、タワーは目の前だ」

「はい。でも、どうやってあそこに入るんですか」

東京スカイタワーは、根元に入り口があり、そこから入るものだと思っていた。しかし間近で見てみると、併設する商業施設の中に根元は埋まっている。この商業施設がまたただ事ではないサイズで、そのあたりのデパートよりも大きい。高い所では七階建てくらいになるだろうか。中腹にはベンチの置かれた広場があり、喫茶店やお土産屋が並んでいるのに加え、水族館やプラネタリウムの看板まで出ている。一大観光施設だ。

「大丈夫だ、構造は頭に入っている。とにかくスカイタワーに上るエレベーターを目指そう」

「そんなに簡単に入れてもらえるとは思えませんが」

「そうでもないぞ。見ろ、あたりは別に封鎖されてるわけでもないじゃないか」

「確かに、思ったよりもゆるい感じですね」

あたりには野次馬が無数にいた。歩いていたり、呆然《ぼうぜん》と上を見たり、携帯電話のカメラを向けたりしている。ベンチに座っている者も、商業施設の中に入っていく者もいる。警察官や職員らしき人物が何か話し合ったり、走りながら何事か呼び掛けたりしているが、彼らに比して野次馬の数が多すぎる。危険な人物がすぐ近くで立てこもっているというのに、行きかう人々は避難するどころか、ただうろうろしているだけのように見えた。

「そもそも、周辺施設も含めたスカイタワーの敷地面積はかなり広いからな。封鎖すること自体が難しい。見たところ商業施設は出入り自由だ。下手に立ち入り禁止にすればパニックになるし、避難所として使う手もある……封鎖する理由がない、というところか。さすがに店が全部通常通り営業しているとは思えないが、普段とさほど変わらないだろう」

「そういうものですか」

「さてと。スカイタワーに上るためのエレベーターは二カ所に存在する。四階出発ロビー、それから五階到着ロビーだ。さすがにこの二つのフロアは封鎖されているだろう。一般人がいて邪魔になるのも、流れ弾が一般人に当たる可能性があるのも、そのフロアだからな。その二フロアだけなら、限られた数の警察官で一般人をシャットアウト可能でもある」

いまいち構造のわからない僕は、小指の話に黙って頷く。

「要するに、こういうことだ。おそらく警察によって封鎖されているであろう四階か五階に突っ込み、にらみ合う犯人と警察官の間に割って入り、エレベーターを借りる」

「そんなことができますかね」

「できる」

「……どうするつもりですか」

「正面突破だよ。さあ、行くぞ」

「えっ？　ちょっと！」

それだけで何とかなるのか？

制止する暇もなく、小指は駆け出す。

野次馬を蹴散らして商業施設の外側を這《は》う階段にたどりついた。

「中から行かないんですか？」

「四階に繋がるエレベーターやエスカレーターが使えるとでも思っているのか？　急ぐぞ」

階段の入り口にはフェンスが張られているが、一メートル少々の高さにすぎない。小指がフェンスを摑み、体を持ち上げる。がしゃんと音が響く。

誰かが驚いたような声を上げる。

小指は構わず体をフェンスの向こう側に運ぶ。

あたりの人々がどよめき、近くに立っていた職員がこちらを見て顔をひきつらせる。それを横目に見ながら、気づけば僕もフェンスを乗り越えていた。

小指は階段を一気に駆けあがる。僕はその背中を追う。

ざわめきを後ろに感じながら、僕たちはすぐに四階までたどり着く。そこは広場のようになっていた。団体客の待ち合わせにでも使うのだろうか。野次馬の姿はなく、出発ロビーの入り口と思われるガラス扉の前には「立入禁止」のコーンが並べられている。

その手前には警察官が数人立っていて、驚いたようにこちらを見ていた。

小指はポケットから何か取り出しつつ、僕に言った。

「俗物君、速度を落とすな。耳をふさいで私についてこい、いいな」

そして警察官に向かってまっすぐに走り出す。何を考えているんだこの人は。わけがわからない。

僕たちが近づくのを見て、警察官は何か叫んだ。

小指が手元で何かをいじりつつ、走り続ける。出発ロビーの入り口に向かって最短距離を。僕も走る。全力疾走だった。

ここでもし捕まったら、僕も何らかの罪に問われるのだろうか？　不安を感じながらも、もうここまできたら仕方ない。僕は走った。前から警察官が大声を上げながら突進してくる。

「待ちなさい！　今は立ち入り禁止だ！　おい！」

そんな言葉が聞き取れた。体格のいい警察官だ。手には警棒を持っている。こりゃとてもかなわないぞ。捕まる。

その時、猛烈な発砲音が走った。撃たれている！　しかしどこから？　音に遅れて、火薬のいやな匂いが流れてくる。しばしの時間を置いて、再び発砲音が炸裂する。警察官はとっさに姿勢を低くし、タワーの方を見た。

その一瞬の隙を逃さず、小指と僕は警察官の脇を駆け抜けた。

「こら！　危険だ！　犯人は武装しているんだぞ」

その警察官の声をかき消すように爆音が断続的に響く。発砲音を鳴らしていたのは小指だ。

「状況と事前情報次第では、こんな玩具でも小銃の発射音に聞こえる」

小指は背中にまわした手で爆竹に点火し、ばらまいていた。いつの間にそんなものを用意していたのか。

ガラス扉に体当たりするようにして、出発ロビーの中に入る。

出発ロビーはかなり広かった。高級ホテルのフロントといった雰囲気。混雑時用にだろう、遊園地でアトラクション前の行列を管理するようなロープが巡らされている。しかし順番待ちをする人の姿はない。

そこには大きな盾を持つ警察官と、スーツ姿の男性が何人かいるだけだった。

警察官はスクラムを組むようにして奥を見据えている。その先には細い通路があった。

「あの奥がエレベーターだ」

小指は速度を落とさない。

僕たちが走り込むと、警察官たちはぎょっとしたように入り口を振り返った。前から犯人が攻めてくることは考えても、後ろから誰か来るとは予想していなかったのだろう。明らかな混乱が生まれ、スクラムは崩れた。

「大変です！　あっちで、犯人が暴れています！　警察の方も巻き添えに！」

さらに混乱を加速させるためだろう、小指はわけのわからない方向を指さしながらわけのわからないことを叫ぶ。

困惑するスーツの男を突き飛ばし、スーツの男をかばおうとした警察官の脇をくぐり、強引にスクラムを突破した。必死で僕も続く。

ここまで来れば、いける。自分から犯人の方へ突っ込んでいく一般人を制止する方法などないはずだ。もう眼前を遮るものは存在しない。後ろから怒声が聞こえるが、僕たちは振り向くことなく走った。

細い通路に飛び込む。出発ロビーなどと言うだけあり、観光客の期待を膨らませるような細かな装飾が施された美しい通路だ。複数あるエレベーターは全てこの通路の先から乗りこむ仕組みらしい。なるほど、確かにここに陣取ってしまえば、タワーの入り口を封じるに等しい。

弧を描くようにゆるやかにカーブする通路を進んでいく。

ふと、通路の先に人影が見えた。

警察官か？

少しひるむと、そいつは手にした物々しい銃を構えて僕たちに向けた。

邪魔をするなら躊躇せず撃つ。

そんな意思が銃口から放たれているようだった。分厚いメガネの底、澄んだ瞳で僕たちに銃を向け、エレベーターを守っている男。それは検算君であった。

「……九千九百九十九万六千七百二十八」

検算君はそうつぶやくと、小銃を少し上に向けて数発だけ発射した。ぱらららと、小指の爆竹よりいくぶんか高く、かつ硬質的な音を立てて銃口が火を吹く。威嚇射撃か。

「九千九百九十九万六千七百二十八。……たす一は……」

再び言うと、僕たちのはるか後方をきっとにらみつけ、射撃を止めた。

「九千九百九十九万六千七百二十九」

それ以上近づいたらどうなるかわかっているな。

僕たちを追ってくる警察官たちに警告したのだろう。

走り続け、僕たちは検算君の横まで辿り着く。エレベーターはすぐ目の前にあった。これに乗れば、すぐにスカイタワーに上ることができるだろう。振り返ってみると、警察官たちがわけがわからないという顔で立ちすくみ、僕たちを眺めているのが見えた。

僕と小指も、犯罪者の仲間だと思われたのだろうな。自ら犯人たちの中に飛び込んでいくとなれば、それ以外には考えにくい。

僕は乱れた呼吸を整えながら、額の汗を拭く。

「九千九百九十九万六千七百二十九」

検算君は警察官たちに小銃を向けてけん制しながら、僕たちの背中を押して奥へと導く。

僕たちは促されるままに歩いた。

「たす、一は……」

検算君はもう数発だけ床を狙って射撃すると、慎重に後ずさりして僕たちのそばまで来た。警察官たちは壁に隠れて見えなくなる。こちらからも向こうからも、射撃ができない位置関係。硝煙の匂いが鼻をすり抜けていく。

「九千九百九十九万六千七百三十」

ふう。小指が息を吐く。そして言う。

「やあ、検算君。撃たれなくてほっとしたよ」

「あなたがここまで来るとは思ってませんでしたよ。見物ですか？」

「そんなとこだよ」

検算君は銃を構えたまま、ふんふんと頷く。

「そうですか。警官と間違って撃っちゃうところでした。よく見て正解でした。九千九百九十九万六千七百三十」

周辺には空になった一斗缶《いっとかん》が無数に積み上げられて、簡単なバリケードのようなものができていた。バリケードの内側には小銃のマガジンがいくつかと、水の入ったペットボトルにおにぎり数個、それから大きく広げられたノートが置かれている。ノートにはたくさんの数字が几帳面《きちょうめん》そうな字体で書き連ねられているのが見えた。

「狙撃隊に狙われないよう、なるべく壁や入り口から遠く、死角に身を隠すよう言われたんです。九千九百九十九万六千七百三十。オレは撃たれるわけにはいきません。たす、一は。このエレベーターを死守すること、それがオレの役目ですから」

検算君の顔は病院で会った時よりもはるかに引き締まり、目には決意の光が漲《みなぎ》っていた。

「それは、カラシニコフ？　よくそんな物騒な銃、日本で手に入れられたね」

「はい。お金とコネさえあれば、手に入れられないということもないそうです。凄く、打ちにくいですけど。それに重い。九千九百九十九万六千七百三十一」

「確かに素人には難しいだろうさ。軍隊が使う銃だもの」

小指が笑う。

検算君の持っている小銃は、凄まじい威圧感を放っていた。

長さは一メートルより少し短いくらいだろうか。細長く金属的な鈍い光沢を放つ銃口、泥と汗で汚れた銃床。ただ殺人のみを目的に磨き上げられたその精密機械は、非現実的なまでの存在感を持って検算君に抱えられている。あたりに散らばっている薬莢《やっきょう》、それからバラの弾丸。その弾丸は細く鋭く、長さは五センチ程度もある。それが猛烈な勢いで撃ち出される様を想像すると、背筋が凍る思いがした。

「それにしても、計算、だいぶ進んでいるみたいだね」

小指がそう聞くと、検算君の表情がぱっと明るくなった。

「そうなんですよ。研究は順調です、素晴らしいほどにね。九千九百九十九万六千七百三十一。でもこれだけの量の計算をしてわかったことがあります。何だと思います？　そう、それは実に不思議なことなんです。いいですか、皆さんはいつもその不思議さを知らずに数字を扱っています。でも、そこが盲点なんですよ。九千九百九十九万六千七百三十一。いいですか、ある数字に一を足すとします。すると、足された後の数字はどうなると思いますか？」

検算君は目一杯タメを作りながら、僕たちを熱い目でじっと見る。そして。

「一、増えるんですよ！」

泣き出さんばかりに興奮した表情で、検算君は高らかに宣言した。

「何回やってもそうなんです。今のところ、全部そうです。九千九百九十九万六千七百三十一。物凄いことですよね、これは。少なくとも九千九百九十九万六千七百三十一回試行した限りでは一度も例外はないんですよ。数字の奥深さを感じずにはいられません」

思わず僕はコケそうになるが、小指はニコニコと笑って拍手する。

「おめでとう。素晴らしい研究結果じゃないか。当たり前に思えることを明らかにする、それは非常に難しいことだよ」

小指の優しい言葉に、こらえきれなかったのだろう、検算君はぽろぽろと涙をこぼした。

「ありがとうございます、ありがとう。本当にありがとう。九千九百九十九万六千七百三十一。でも油断はなりません。次の足し算で、例外が現れるかもしれませんからね。今までの計算で全て同じ結果が出たとしても、次もそうだとは限りません。最後まで慎重に、疑念を捨てない心が必要なんです。九千九百九十九万六千七百三十一。しかし一億はもう目の前にまで近づいてきました。この感じ、不思議なんですよ。一億は莫大な数です。いわば徒歩で月に行くようなもの。そこに向けて、一という小さな数を積み上げていく。一歩一歩、進んでいく。その結果が、九千九百九十九万六千七百三十一です。思えば遠い所に来たものだという気持ちです」

検算君は感慨深げにそう言うと、ペットボトルのふたを開けて水を飲んだ。

「……あなた方の目的は何ですか？　我々には要求を聞く準備があります。また、食料や飲料は十分ですか？　差し入れることも可能ですので、その場合は言ってください……」

通路の向こう側から声が聞こえてくる。

「うるせえなあ、ったく」

検算君は口からこぼれた水を手でぬぐう。

「人質に危害を加えないよう気を付けてください。我々はあなた方の罪を重くしたくはないのです……」

通路の入り口からさらに何メートルか離れて、警察官がメガホンで呼びかけている姿が想像できた。

「あいつら、時々ああいうことやるんですよ。今は柔らかい口調だけど、さっきは怒鳴りつけるような感じだった。どっちでも構わないけど、うるさいから静かにしてほしいんですよね。計算ミスでもしたらどうしてくれるんだ」

検算君は通路の先を睨みつけながら、ノートを手に取る。

「しかしやってみて思うのは、数学はやっぱり面白いということですね。九千九百九十九万六千七百三十一。ただ地道に一を足しているだけの単調な作業だと思われるかもしれませんが、とんでもない。まるで色鮮やかに景色を変える山を上っているような感じですよ。例えば九百九十九万九千九百九十九に一を足した時の感動は今でも忘れられません。なんと、一千万になるんです。一を一回足しただけなのに、九がいっぱいごちゃごちゃとしていた世界が一気に澄み渡るのです。九千九百九十九万六千七百三十一。衝撃、それ以外に言いようがありませんよ。粗い山道を延々と上り、ずっとこういう道が続くのかなと思ってうんざりしていた矢先、視界が広がって美しい湖が姿を現すようなもの。これは実際にやってみなければ得られない感動でしょうね」

検算君は思い出を語るように笑う。

「九千九百九十九万六千七百三十一。ここまで上る間、様々な道がありました。例えば七千万の桁は硬質的な針葉樹林を歩くようでしたし、六千万の桁の後半では、湿度が高く、キノコやコケが群れをなす森を歩くようでした。ふとゾロ目に出会った時は、森の奥に棲む幻獣と遭遇した気分です。もちろんこれは物のたとえですけどね、やってみればわかると思います。微妙に数字たちの手触りや、景色が違うんですよ。数字を書く時の紙とペンがこすれるリズムも無限に変化していきます。まるで未知の昆虫の鳴き声、異世界の音楽のように……。長い長い数字の旅です。オレはこの一億歩の山道の先に何が現れるか、楽しみで仕方がないんですよ。やはり想像通り光り輝く一億が現れるのか、それとも全く見たことのない何かが姿を現すのか」

「今人質を解放して降伏するというのなら、我々は……」

「うるせえよ！」

検算君が怒りをあらわにして吠える。

「……しないことを、約束してもいい。それだけじゃない、我々は……」

検算君の声は、遠くでメガホンを手にしている男には届いていないようだ。

「ったく、静かに計算させてほしいぜ。クソッタレ。九千九百九十九万六千七百三十一」

ぶつぶつと言いながらも、検算君はノートにペンで数字を並べはじめた。

「たす、一は」

「検算君、忙しい所すまない。私はKに会いたいんだが」

「ああ、上にいると思いますよ。そこのエレベーターからどうぞ。もしエレベーターが嫌でしたら、奥の職員用扉から階段でも」

「エレベーターを使わせてもらおうかな」

「どうぞ、ご自由に」

検算君はノートとにらめっこしたまま、邪魔しないでくださいとでも言いたげに答えた。

「じゃあ俗物君、上に行こうか。Kの絵を最前列から見に」

「はい」

僕と小指はエレベーターのボタンを押す。黒い扉が開き、ガラス細工で装飾された部屋が現れた。見学に来る人の気分を盛り上げる演出だろう。

「行くなら急いだ方がいいですよ。上がどうなっているのかオレは把握していませんが、時間はあまりないはずですから」

「ああ。邪魔して悪かったね」

僕たちはエレベーターへと乗り込む。小指はふと振り向き、言った。

「検算君。研究の成功を祈るよ」

「ありがとうございます」

検算君は笑顔を見せ、僕たちに手を振ってくれた。

「長い長い数字の旅、か……」

小指が言う。エレベーターの扉は閉じ、検算君に声は届かない。

「俗物君、一を足し続けて一億にするには、どれくらいの時間が必要かわかるかい」

「……いえ」

「一回足し算するのに五秒かかるとして、単純計算で十五年以上だ」

「えっ」

そんなにか。

「それも、眠らず、飲まず食わずで計算し続けて十五年。それだけの時間を費やして計算することでようやく一億に到達できる。凄まじい大冒険だと言えるだろう。その果てにあるもの、私も少し見てみたい」

エレベーターが音もなく上昇を始める。

銃を手にし、ノートと向き合い、たった一人で警察官たちとにらみ合う出発ロビーの冒険者は、あっと言う間に僕たちの視界から消えてしまった。

妹 ミサエ

兄さんを見失ってしまったけれど、まだやることはある。

自殺屋だ。

あの院長は言っていた。自殺屋も、絵を見に来るかもしれないって。それらしき人間を探して話を聞くんだ。そうすれば。

いや、待って。自殺屋は兄さんと一緒に行動している可能性もある。ってことは、兄さんと一緒に走っていたのかもしれない。えっと、そうだとしたら……どうしたらいい？

私は混乱する。

東京スカイタワーの展望台からは相変わらず赤いペンキが次から次へと流しだされている。禍々《まがまが》しいその様に、周囲の人間は叫び、笑い、指さし、そして見入る。

兄✤ミサキ

建造時点で世界一高い電波塔のエレベーターは、やはり高性能なのだろう。音もなく動き出し、素晴らしい速度で上り、僕たちを地面からはるか遠くへと連れ去っていく。かなりの高速らしく、耳がきんきんと気圧の変化を訴える。今頃地面ははるか下にあるだろう。

扉が開く。

広々とした空間が眼前に現れた。

降りたすぐ横に「天望デッキ地上三百五十メートル」と書かれたプレートが見える。塔に二つ存在する展望台のうち、下側の方に到着したのだ。

凄く静かだった。

暖かな日の光が窓から入り、かすかにほこりの香りがする。日曜日の午後、誰もいない教室で感じたようなあの気配。

　窓にはところどころ赤く濃厚な帯が走っている。外から見た時、血のように見えたあれだ。

「これ、上から流してるんですかね」

「そのようだ。天望デッキの直上に出ることができたはず。もちろん客は出られないが、職員がガラス拭きなんかをする必要があるからね。そこから流したんだろう」

「……Kさんはどこにいるんでしょうか」

　あたりに人の気配はない。

　レストランやお土産売り場も見えるが、誰もいない。人がいない観光施設というのは何となく不気味なものだ。

「俗物君」

　小指に呼ばれ、振り返る。小指は床を見つめていた。

「この先だろう」

　そこには緑色のシミが点々と並んでいる。何かをこぼしたのだろうか。ペンキのようにも見える。シミは僕たちが乗って来たエレベーターのあたりから足跡のように続いていた。それを追って進む。

　一歩一歩、Kの気配が近づいてくるような気がした。無人の天望デッキをぐるりと回るようにしてたどり着いた先にはまた、エレベーターがあった。

「別のエレベーターに乗り換えて、さらに上に行けということかな」

迷うことなく、小指はエレベーターに乗り込んだ。

次なるエレベーターの床には緑色の液体が広がっていた。やはりこれはペンキらしい。独特のにおいがある。

今度のエレベーターからは外の景色が見えた。目がくらむほどの高さだ。車も人も豆粒のように見える。細い線路の上を電車が蛇のようにうねりながら進むのが見え、隅田川を行く船が木の葉のように揺れるのが見える。

すでにこれほど高いのに、さらに上昇するのか。エレベーターはかすかな振動音を上げながら僕たちを運んでいく。

さらに高く、高く、高く……。

普段歩いている平面を、生活している空間をはるかに離れていく。

まるで僕たちは現実から遠ざかり、未知の世界へ向かっているような錯覚を感じる。

そのせいだろうか。

エレベーターの扉が開いた時、そこにジャングルが広がっていたことに、僕はそれほど驚かなかった。

「へえ」

思わず小指も息を呑む。

降りたすぐ横に「天望回廊　地上四百四十五メートル」と書かれたプレートが、まるで朽ち果てた遺跡の一部のように存在している。

「森だ」

それだけ言うと、小指は一歩踏み出した。僕も続いて歩き出す。

天望回廊は、ジャングルだった。深い森。

緑。

濃い緑、明るい緑、鮮やかな緑。ありとあらゆる緑色でそこら中が塗られている。手すりだの柱だの、出っ張りも壁も関係ない。何もかも力任せに塗りつぶし、大きな大きな絵の一部にされている。こないだKの病院で見た、院長室に書かれた空の絵と同じだ。荒いタッチではあるものの、凄まじい迫力がある。今回は森林の絵だ。Kは展望台の中に森林の絵を描き、そこを広大な原生林に変えてしまっていた。

床には何重にも根が絡み合い、その上に緑の葉が降り積もっている。横を見れば雄々しく伸びる無数の幹にツタが巻き付き、垂れ下がっている。そして天井を見れば、空を覆うように縦横無尽に伸びた枝と葉が、天の光を遮って……。

とても絵とは思えない。

僕たちは今、巨大な木の中にいるのだ。あたりを漂うペンキ臭も、ふと気を抜くと森林の奥のような、むせるほどの草いきれに思えてくる。

天望回廊の周囲は、眼下の景色が見渡せるようにガラスで覆われている。Kの絵はそのガラスの上にも描かれていた。ガラスの上に枝が這い、根が張る。僕と小指は木々の合間から外を見下ろす。高層ビル。民家。そして豆粒よりもはるかに小さい、チリに等しい点たち。点は動かず、道路の端に身を寄せるように集まっている。あれはスカイタワーを見上げている人々なのだろう。

科学技術の粋《すい》をつくして作り上げられた東京スカイタワー。人類の力の象徴。だけど今やこの東京スカイタワーは樹木だ。最も人間の英知からかけ離れた原始の存在に変化してしまったんだ。僕は人間の作り上げた文明を見下ろしながら、そんなことを思った。

「世界樹に、ようこそ」

ふいに声がした。Kの声だ。

見上げた先から色のついた滴《しずく》がぽたぽたと落ちてくる。

「見に来てくれたのね」

脚立の上にKがいた。バケツをいくつか首から下げ、大きなハケで天井の近くを塗っている。着ているのは白衣のようだ。しかし様々な色が付着してしまっていて、もはや白い生地はほとんど見えない。人工的な色を天井から追い出すように、Kがハケを動かすたびに緑色が空間を侵食していく。

「K。そんなところにいたのか」

小指の声を背中で聞き流し、Kは一心不乱に天井を塗っていた。塗られていない部分はあとほんの少ししかない。手を目一杯のばし、色を叩きつけていくK。脚立がぐらぐらと揺れる。危ない。僕は脚立に近づき、力いっぱい押さえる。

やがて天井は全て緑に包まれた。

Kは最後の一塗りとして、ペンキをいっぱいに含ませたハケを放り投げた。ハケは緑のしぶきを散らしながら飛び、わずかに残ったグレーの壁面に衝突してびちゃっと音を立てると、小指から数メートル離れた所に落下した。

あはははははは。

少しかすれた色っぽい声でKが笑う。

「さすがに疲れたわ」

脚立の上でふらつくK。落っこちるんじゃないか。僕はKの近くに歩み寄り、いつ落ちてきてもいいように両手を差し出した。気をつけて降りてきてください、K。そんな意思表示。

「受け止めて」

逆効果だった。Kは僕がいるのを見てとると、脚立からぽんと飛んだ。驚く間もなく、僕の両手にずんと重みが加わる。ペンキの飛沫《しぶき》があちこちに飛び散り、僕の顔にも冷たい液体が降りかかった。勢い余って座り込んでしまう僕。僕の全身にKの体温と、柔らかい肉の奥にあるしなやかな骨格の感触とが伝わってくる。

「これが君の描きたかった絵なのか」

小指があたりを見回して言う。

Kは笑った。

「本当はこのタワーの外側を全部塗りつぶして、でっかい木にしてやろうと思ったのよ。

でもさすがにペンキの量が足りなかった。だから中身を森にしてあげたの」

展望台の隅には一斗缶が積み上げられている。こんな大量のペンキをここまで運んだのか。いったいKはどれだけの労力をかけてこの状況を作り出したのか。塗料をここに持ち込んで、エレベーターで上げて、それを何時間もかけてここに塗りたくって。タワーの警備員を蹴散らして、占拠して、その結果警察に包囲されて。

「どうしてこんなことをしなきゃならなかったんですか」

僕は腕の中のKに言う。

「確かに凄い絵ですよ。こんなこと、誰にも真似できません。でも、どうしてこんなことをしなきゃならなかったんですか。どうして犯罪者になるリスクまで冒して、こんなことを。僕には理解できません」

Kはゆっくり振り返ると、少し笑った。

「ああ。君、俗物君だっけ……」

Kは長いまつげを揺らしながら言う。

「俗物君は、絵を描いたことはあるかしら」

絵？

「美術の授業で描いたくらいです」

「絵って凄いわよね。ただの真っ白の紙が、いつの間にか意味のある風景になるんだもの。俗物君、あなたは絵を描いたことがあるのね。ちょっと羨ましいな」

Kは僕の腕からするりと抜け出し、立ち上がる。

「あたしは絵に描かされたことしかないから」

細い体が森林の中にすっと立つ。

「あたしが絵を描くとね、いつもあたしが描きたかった絵ではないものが出来上がるのよ。どうしてこんな絵が出来たのか、完成した絵を何度見てもわからないの。最初のうちはそういうものかって思ってたけど、そのうち気がついたわ。あたしは絵に描かされてるんだって」

Kの言う意味がわからず、僕は座り込んだまま呆然とKの姿を見つめる。

「画用紙も、カンバスも、ノートの端っこもそう。彼らはね、『こんな絵になりたい』っていつも考えているのよ。白い紙は可能性。どんな絵にでもなれるもの。何かに変わる可能性を秘めたものは、必然的に何に変わりたいか考えるようになってしまう。その思念が紙と向かい合ったあたしに流れ込んできて、あたしを突き動かすの。あたしは彼らを、『彼らの望む姿』に変えてあげるのが仕事なのよ」

Kはペンキの入ったバケツをもう一度持つと、新しいハケをポケットから取り出した。

「あの院長室もそう。院長室は、灰色の世界の真ん中で寂しそうだった。開放的な空間になりたいって願っているのがわかった。だから空に変えてあげた。広く、どこまでも続く空に。それと同じなんだ。この東京スカイタワーはずっとずっと悲しそうだった。世界一の電波塔として人々に見上げられるたびに、嫌がって泣いているのがあたしにはわかったの」

床に少しだけ塗り残された部分がある。灰色のままたたずんでいる、その場所にKは近づくとハケをバケツにつけ、塗り始める。

「東京スカイタワーが、森になりたがっていたっていうんですか？　だからここに森の絵を描いたと？」

僕はKに言う。そんなことがあるわけがないじゃないか。ばかばかしい。妄想だ。完全に妄想。あなたのような人が、どうしてそんなバカなことを言うんですか。

「そうだよ。正確に言うなら、東京スカイタワーは森だった、かな」

Kは力強く、しかし丁寧に。

優しく愛撫するように緑の色を塗りつけていく。

東京スカイタワーが森だった……？

ますますわけがわからず、僕は混乱する。

「人間って不思議だよね。自分のことを特別に扱おうとするよね。『人工』と『自然』って言葉あるでしょ。原生林は『自然』。その原生林の中で木の枝を使って虫を取る猿も『自然』。でも、人間は『自然』じゃない。人間が道具を使って何かすることは、『人工』。木の枝を加工して道具にする猿は『自然』なのに、人間が作った道具は『人工』。人間だって自然の一部なのに、本質的には同じことなのに、どうしてかそれを忘れようとする」

「それはただ物事を区別するための言葉でしょう。そんな屁理屈、何の関係があるんですか」

「人間は何も変わっていないんだよ。森の中、腐って倒れた木の周りで寄り添っていた猿の頃から何も。あの時、あたしたちは確かに大きな自然の中にいた。森の中で、他の植物や虫やキノコたちと一緒に震えながら、それでも安らかに暮らしていたんだ。それから人間は少しずつ進歩して、木を簡単に切ることができるようになった。その木を加工して色々な建材を作るようにもなった。そして家を建てて、ビルを建てて、タワーを建てたよ。泥と木をこねて巣を作ったんだ」

Kの穏やかな目。

「ここは、あたしたちの巣なんだ」

巣。

確かに家もビルもタワーも、巣の一種と言えるだろう。そしてその材料は全て自然の中にある。木にしろ、岩にしろ、石油にしろ、全て地球のどこかから持ってきたものだ。人間が無から作りだしたものは何一つとして存在しない。つまり、動物がそこらの枝や土を使って巣を作るのと大して変わらないことかもしれない。いや、そんなことを言い出したら何だってそうだ。戦争で使う凶悪な兵器も、高度な精密機器も、結局のところその材料は全て自然のものだ。石を投げ合ったり、とがった枝で戦っているのとそういう意味では同じだ。

……だけど、そんなこじつけに何の意味がある？

「あたしたちは今も昔も、大きな森の中で暮らしているんだよ。ずっと昔に飛び出したと思った自然の掌《てのひら》の中に、まだいるんだ。そしてそのぬくもりに包まれているの。その証拠に鳥だって虫だって、まだあたしたちのそばにいる。変わらぬジャングルの中に」

Kの静かな声を聞いた瞬間、僕の中にイメージが走った。これはKのイメージだ。Kに見えている世界が、僕に流れ込んでくる。

ここはジャングル。

僕の住んでいた家、通っていた学校、歩いた街、今ここから見下ろせる首都圏。それらがジャングルの姿と重なっていく。ジャングルとは最もかけ離れた空間だと思っていた場所が。ジャングルの中、倒れた木にカマキリが卵を産む。同じように家の壁にカマキリが卵を産む。虫たちは区別をしない。虫たちは、それが同じ場所だと理解しているから。家々は何も言わないが、倒れた木と同じ存在感でたたずんでいる。それを近代的な人工物だと信じて疑わないのは、人間たちだけ。首都圏を上から眺める太陽や月や星は、ジャングルを照らしていた時と変わらぬ表情で傍観している。おそらくは、そこに何か変化があったことにすら気づかぬまま。

東京スカイタワーは森だった。最初から、森だった。

Kがグレーの床に色を塗る。ハケでさっさっと、塗り進める。グレーが鮮やかな緑へと変わっていく。

これは錯覚か？

塗料を塗りつけているはずなのだが、逆に汚れをふき取っているように見え始めた。Kがハケを動かすたびに、人間がこびりつけた『人工物』を示す塗料が取り払われて、奥に隠された真の姿を現していくような。

錯覚に違いない。こんなこと、あり得ない。しかし僕にそれだけの錯覚を起こさせるほど、Kの所作は確信に満ちていた。

森が姿を現していく。当然だ。森の姿を現すために、Kは描いているのだから。

「東京スカイタワーはさ。みんなにすごい人工物だとか、技術の象徴だとかって言われ続けていたんだ。それはまんざらでもなかっただろうけれど、少し疲れちゃったんだよね。たまには元の姿に戻ってみたかったと思うんだ」

何も言えないでいる僕に、Kはそう言って優しく笑った。

「だから、あたしに描いてもらいたかったんだよ。そしてあたしは、描かされた。……そうだよね。ふふ」

まるで東京スカイタワーと会話をしているかのようなK。

グレーの『汚れ』はすっかり取り払われ、鮮やかな森がそこに存在していた。


床を塗り終わったKは、僕たちを連れて進む。天望回廊はその名の通り大きな回廊で、タワーの周囲に巻きつくように存在している。道はスロープ状であり、その先にはタワー内で最も高い場所がある。

Kに導かれて、ジャングルの中を進んでいくと、ふと空間が開けた。

そこで声をかけられる。

「ああ、やっと来てくれた。待ちくたびれましたよ、院長。もういいんですか」

ヘシオリ君だった。相変わらず極端に傾きながらも、出発ロビーの検算君と同じ、物々しい銃を手にしている。

「ああ、待たせたね。ようやく塗り終わったよ」

ヘシオリ君の向こう側にガリガリ君の姿も見える。ガリガリ君は歯を食いしばりながら、やはり銃を構えていた。ヘシオリ君とガリガリ君が銃を向ける先には憔悴《しょうすい》しきった顔の男女数人がうずくまっていた。何人かは血を流している。

「人質が抵抗したんで、少し殴ってしまいました」

ヘシオリ君が申し訳なさそうに頭《こうべ》を垂れる。

「抵抗されたなら仕方ないわ。……ふう、邪魔くさい」

Kはペンキで汚れた白衣をむしり取るように脱ぎ捨てる。下はジーンズ、上は黒い下着だけの姿だ。とはいえ体中が緑や茶のペンキで汚れているので、その姿はまるでどこかの特殊部隊員である。

「まあまあだね」

Kはゆっくりと窓際まで寄ると、下を見た。

つられて僕も窓から下を見る。異様な光景だった。

地上四百五十メートル。圧倒的な高所。最初に入った天望デッキがはるか下に見え、さらにその下に東京スカイタワーの「根」が地上へと伸びている。それらが血に塗《まみ》れていた。天望デッキから流し出している赤いペンキ。だらだらと出血する東京スカイタワー。

「そろそろいいですか」

食いしばった歯の隙間から、思いを振り絞るかのようにガリガリ君が言う。

「ああ、いいよ。交代だ。ここは私が受け持つ。いっといで」

Ｋはそう言うと、ガリガリ君から銃を受け取って自分が構える。

次の瞬間、僕は見た。ガリガリ君の顔が凄まじい笑顔に変化するのを。

ガリガリ君は声にならない叫びをあげると、近くの一斗缶を抱えた。そしてまるで暴風のように走り出す。その勢いのまま、隅にある非常扉へと突進して、姿を消した。

「お前もいっといで。やるべきことを、果たしなよ」

Ｋはヘシオリ君にも呼び掛ける。ヘシオリ君も笑顔になって小さく頷くと、ガリガリ君が向かったのとは別の扉へと走っていった。

Ｋがどういうつもりなのかわからず、僕と小指は立ち尽くす。

男二人で人質をけん制していたのに、二人ともどこかへ行かせてしまった。人質は十人以上はいる。中には体格のいい男性も見える。いくら銃を手にしているからと言って、Ｋ一人で抑えきれるのだろうか。不安に感じてすぐに、Ｋが言い放った。

「人質は全員解放する。そのエレベーターに乗って逃げるといい」

人質の間に動揺が広がる。真偽をはかりかねている様子だ。どうして。人質を解放したら、警察が躊躇せずに乗り込んでくる。どうしてわざわざそんなことを。

「嘘じゃない。早く逃げるんだ」

念押しした後、Ｋは小指の方を向いて言った。

「……あとそこのキミも、一緒に逃げればいい」

Ｋは銃を振って人質にエレベーターに向かうように促す。それに従って人質たちは動きはじめた。我先に走り出す男性、おそるおそる歩き出す女性。

「僕たちにも、逃げろと言うんだね」

小指が確認する。

Ｋは笑って肯定する。

「ここにはもう、死ぬ者しか残らない。生きる人間は逃げた方がいい。人質が解放されるどさくさに紛れて逃げれば、そんなに厄介なことにはならないだろうよ」

「死ぬ者しか残らないって……」

僕が聞こうとした時、どこかからかすかな声が聞こえた。

「かたむい」

ヘシオリ君の声だ。

「てるうううっ」

一瞬聞こえた妙な声はすぐに消え去る。はっと外を見た僕の目に、細長い体が窓の外を落ちていくのが映った。

落ちて行く姿が見えたのは一瞬で、今はもう、ただ穏やかに雲が浮かんでいるだけだ。

その場にいる全員が絶句する。

僕がＫの方を振り向くと、Ｋはこともなげに言った。

「ずっと足元が傾いているから、平らな床を全身で感じてみたかったそうだ。高い所から落っこちれば、少しは平らで固い床を味わえるだろう？」

「なるほどね。ヘシオリ君の宿願成就というわけか。何ともめでたいことだ。地面が常に傾いているという感覚は私たちにはわからないが、ずっとそういう感覚でいるとそんな願望も湧くかもしれないな。その感覚がわからない以上、願望が果たされた時の幸福感も想像しようがない。彼にしかわからない、彼だけの幸福だ。少し羨ましくもある」

　僕は窓のそばに寄り、眼下を見る。ヘシオリ君がどこに落ちたのかはわからない。直下に位置する天望デッキに落ちたか、それとも風に吹かれて地面まで到達したか。いずれにしろこの高さでは粉々だろう。

　あり得ない。小指もＫも、どうしてそんなに落ちついていられるんだ。

　ヘシオリ君が、死んだんだぞ？

　ついさっきまで生きていたヘシオリ君が……。

　Ｋに「いってこい」と言われて嬉しそうに出ていったヘシオリ君の表情を思い出す。本当に嬉しそうな顔をしていた。飛び降りるために、あんな表情をしていたなんて。

　何と言ったらいいのかわからずにいる僕の前で、窓にぼたぼたと赤い液体が付着する。今度はなんだ？　さっきとはまた別の声が聞こえてくる。笑い声だ。

　高らかな笑い声とともに、上から赤い液体が降ってきている。

「これはガリガリ君か」

「うん。実は、塔から赤いペンキをぶちまけるのは彼のアイデアなんだ」

赤いペンキだって?

僕は上を見る。遮蔽物《しゃへいぶつ》が邪魔をしてよく見えない。しかし、天望回廊より上にはもう展望台はないはずだ。あるのはアンテナと、避雷針くらいのもの。非常時や、点検時以外に人が入ることを想定されていない箇所。しかし赤いペンキは上から降ってきている。ガリガリ君は、そこにいるというのか。地上六百数十メートル、日本で一番高い電波塔の頂点に。

「ガリガリ君は空が痒いと言っていたな。空に一番近い所で思う存分に空をひっかきたかった、ということか?」

「それもあるね。でも、もっとシンプルな理由がある。彼が言っていたんだ。東京スカイタワーが空に刺さっているって」

Kのその言葉で、僕も瞬間的に理解した。

東京スカイタワーが空に刺さっている。周りの建物よりはるかに高く、天を貫いてそびえる東京スカイタワー。その頂点は空に突き刺さっているんだ。だから空は痛がり、そして血を流すんだ。まき散らされたペンキは空の出血。

空をかゆいと言い張り、かこうとするガリガリ君。彼には感じられたに違いない。空のかゆみも、空の痛みも。彼は空にまで神経が通っていた。そして空が流している血液も、ありありと見えたのだろう。だからガリガリ君は空の血を代わりに流してあげた。展望台から赤いペンキを流し、さらに塔の頂点からもペンキを流す。そのために、赤いペンキのつまった一斗缶を大事に抱えて出て行った。

もはや理解不能だ。

そんなことを本気でやってる奴がいるなんて、信じられない。僕には信じられない。だけど僕の目の前で実際にそれをやっている奴がいる。現実に思考が追いつかない。

なぜ。どうして。

何か反論したいけれど何を言ったらいいのかわからない、そんな僕を見てとったKがにこっと笑った。

「わからなくていいんだよ。人間にはわからないことがいっぱいある。なぜ、人間は生きるのか。何のために生きるのか。そして何のために死ぬのか。わからないのが当たり前だし、わからなくたって全然いいんだ」

「わかるわけないですよ、そんなこと。何ですか？　僕にお説教でもしたいんですか」

「そうじゃない。だけどね、あたしたちはわかったの。私、ガリガリ君、ヘシオリ君、検算君……。みんな『生きる理由』がわかったのよ。東京スカイタワーをジャングルにするために生きてきただとか、空の痛みやかゆみを感じるために生きてきただとか、傾いた地面を感じるために生きてきただとか、ね。それはあたしたちにしかできないこと。他の誰にもできないこと。だから、そのために命を使うんだ」

「何かっこつけてるんですか」

「ねえ、人間って一生懸命『生きる理由』を探すよね。でも『生きる理由』を見つけた瞬間、それは『死ぬ理由』にもなるんだよ。それが達成されたら死ぬってことだから。あたしたちには理由があったから、それをした。やり遂げた今、あたしたちは」

Kは知的な微笑みを僕に向けて、何のためらいもなく言った。

「死ぬ」


「あ……あはははは。一億。一億。一億」

突然足音が響き、検算君が天望回廊に現れた。

爽やかな笑顔を浮かべているが、その顔面には血が流れている。額あたりから出血しているようだ。

「どうした？　警官隊に狙撃されたのか？」

かけよるKに、検算君は笑う。

「一億。一億です。一億。一億だっ！　いやあ、一億だあああっ！」

うわーっはっはっはっはっは。

会心の笑みを浮かべる検算君。

僕は唖然とするが、Kは優しく言う。

「そうか、ついに計算が終わったんだね」

「はい。はい……」

検算君は涙を流して嬉しそうにしている。

「どうだった？　計算の結果、あたしたちにも教えてよ」

「はい。一を一億回足し算した結果は、一億でした。一億。信じられますか？　やっぱり一億だったんです。オレ、こんなに感動したこと今までにありません。一億。最後の何回かの一を足している時、手が震えて仕方ありませんでした。数学の奥深い神秘に、この指先が触れているような気がして……。計算が終わった瞬間、全身の毛が逆立って皮膚が裏返るかと思いました。今はもう、何だろう、その、感動とか突き抜けちゃって、なんつうか、もう、あああ……」

　そう言って、洸惚《こうこつ》の表情で座り込む。そんな検算君の額を撫でるK。

「よかったね。何よりの知らせだよ。……この傷は？」

「ああ、そうだった。人質、解放したんですよね。一億。警官隊が包囲を狭めてきてますよ。オレ、応戦しようと思ったんですけど、一億、取りあえず報告だけしようと思って、上がってきました」

「……傷は？　撃たれたの？」

「いえ、焦って走っていて転びました。一億」

　ふっ。Kが笑う。

「いいんだよ。もう、数字を言い続ける必要はないんだ。計算は終わったんだから」

「すいません。一億。なんだか癖になっちゃってて、オレ……。一億」

「ふふふ」

Kと検算君の間に流れる空気は何なのだろう。母親と息子。教師と生徒。医師と患者。どれも近いようで当てはまらない表現だ。検算君とだけではない。Kはガリガリ君や、ヘシオリ君とも同じような空気を共有していた。温かく、お互いに信頼し合い、助け合って……。これは、何なのだろう？

「他の二人は、もう行ったよ。ここにはあたしたちだけだ。あたしはこれから絵の最後の仕上げにとりかかる」

「わかってますよ。オレもそのつもりですから。一億。ああ、よかった。計算が終わったんだ。これで……これで死ねる。オレ、死ねるんだ」

検算君がそう言ったのを確認すると、Kは頷き、そして聞いた。

「飛び降りと射殺、どっちがいい？」

妹☘ミサエ

「危険が及ぶ可能性がありますので、東京スカイタワーの近辺から退去し、屋内に隠れて身を晒《さら》さないようにしてください」

メガホンで何かを訴えている男性がいる。その男性の周りにマイクを持った男女が群がっている。テレビの中継車が、パトカーが、あるいは物々しい機動隊の車両が立ち並び、その隙間を野次馬が埋め尽くす。

混乱が続いていた。

私は周りの野次馬たちと同様、天を見上げる。東京スカイタワーの頂上、電波アンテナ部分には異常が起こっていた。

たらり、そんな音がしたかもしれない。突如として頂上から赤い液体が下に向かって流れ始めたのだ。地上から見てもそれなりの太さがある電波アンテナ部分と比べると、それは一本の細く赤い糸のようにしか見えない。それでも美しいスカイタワーのホワイトの先端にぽつんと現れた赤は、異様だった。

はるか高所。

目を細めてもそこで何が起きているのか正確にはわからない。小さな人影が動いているような気もする。しかし流れ出した一筋の赤い液体は、だらだらと塔の側面を流れて落ちていく。見つめていると、すぐ横からまた新しく一本の糸が現れる。上に人がいると言うなら、何ヵ所かに分けて液体を垂れ流しているのだろう。

あたりにざわめきが広がる。

また一筋。また一筋。

現れては流れる赤い液が、ある瞬間鮮烈なイメージとなって私の頭を支配した。

――東京スカイタワーが、空に突き刺さっている――

刺さった部分から、出血しているのだ。東京スカイタワーの頂点はとがってはいない。東京タワーは先端が鋭くとがっているが、東京スカイタワーの先端は丸みをおびた柔らかい形。何にも突き刺さることのない形。そう思っていた。

違ったんだ。先端があいう形に見えているのは、もう突き刺さっていたからなんだ。

とがった先端は、空の肉の中に隠れてしまって見えない。指に針を刺した時と同じ。先端は指の奥に隠れ、じっと見ていると針の周囲からゆっくりと出血してくる。針を抜けば、その針は指に埋まっていた部分だけ赤く染まっている。

東京スカイタワーは快晴の天空に突き刺さった針。今東京スカイタワーを抜けば、空の血で染まった鋭い先端部分が顔を出す。痛い。空が、痛い……。

ぱしぱし。

私は目を閉じ、自分の頰を自分で叩いてみる。

落ちつけ。そんなわけはない。あれはタワーの頂点で誰かが赤いペンキを垂れ流しているだけだ。空に東京スカイタワーが突き刺さるわけがないし、空が出血するはずもない。

変な錯覚に自分が一瞬とらわれて、混乱してしまう。

私は目を開いてもう一度、見上げる。

しかしその光景は私に奇妙なイメージを与えるだけの存在感があった。

落ちつけと心の中で繰り返しながら、その光景を見つめ続ける。周囲の人々はどう思っているのだろうか。私と同じように頰を叩いている人、呆然と顔を上げている人、何か祈りを捧げている人、指をさして笑っている人、携帯電話を向けて写真を撮っている人……人々の反応は様々だった。

双眼鏡で上を見ていた人が叫んだ。

「人が落ちたぞ！」

群衆のざわめきが突然、ひと際大きくなる。

怒鳴り散らすような声とともに、どこかから悲鳴が聞こえた。

兄✢ミサキ

「今落ちたのは、ガリガリ君だな」

小指が言う。

「あいつ……タワーの先端に、血は塗れたのかな」

不安そうに下を見る検算君に、Kが言う。

「大丈夫。きっとやり遂げたはずだよ。飛び降りるのは全てやり終えてから、そう事前に打ち合わせしてあったしね」

「あいつが幸せになれたんなら、オレも嬉しいっすよ」

「ふふふ。君は本当に、友達思いだよね」

「よしてください。同じ病院にいたんだから当たり前じゃないですか。一億。じゃあオレもそろそろ死にますね。あんまりボヤボヤしてると、警官隊がやってきちまう」

「ああ。君は、飛び降りの方がいいのかな」

「はい。じゃあ、さようなら」

検算君は最後にKと目を合わせてニコッと笑うと、すたすたと扉の一つへと歩いていく。そこはヘシオリ君が出ていった扉だ。塔から落ちたヘシオリ君。その最後の姿と、検算君の背中がぴったりと重なって見える。

まるで世間話を交わすように検算君との別れを終えたKは、ふうと息を吐くと僕たちを見た。

「そろそろ本当にお別れだ。しかしこんなにぎりぎりまで居残っているなんて、本当に君も物好きだね。警官に犯人の一味と間違えられても知らないよ」

「一応君の自殺は、最後までしっかり見物したかったからね」

小指はさらりと言う。この状況でも小指は平常心を崩していない。

「まあ、好きにしてくれていいけどね。あたしはもう死ぬ。警察には犯人にずっと脅されていたと言ってくれて構わないよ」

そう言うと、Kはおもむろに上半身の下着を外して床に投げ捨てた。

「何やってるんですか」

わけがわからない。何を考えているんだこの人は。

「ん？　また君か、俗物君。あたしは死ぬ準備をするんだよ」

「死ぬ、死ぬって。何でそんな簡単に言えるんですか！」

「俗物君、あたしはね。人間の絵を描くのが苦手だったの」

Kの手は下半身に伸び、ペンキで汚れたジーンズをゆっくりと下ろしていく。

「人間の絵……？」

「あたしの描きたかった絵はね。世界樹の絵。さっきも言ったかな、この東京スカイタワーが大きな大きな樹になっているのね。そしてそれだけじゃなくて、その傍らに裸の女性が倒れ伏しているイメージなの。ずっとその光景が頭の中にあって、それを描きたかったの。でもあたしは人間を描くのがどうにも苦手でね、特に女性の肌がダメなんだ。いくら練習してもうまく質感が出ないんだよ。あれ、難しいよね」

ジーンズを取り払ったKの下半身はほとんどペンキで汚れておらず、美しかった。

「でも幸いにも、あたしは女の体を持って生まれてきていた」

「まさか」

「あたしは自分の描きたいイメージを細部までつきつめたわ。そして自分がそれに近い体型になるように、この日のために準備してきた」

「あなたは、まさか」

Kは躊躇なく下半身の下着も脱ぐと、放り投げた。

「あたしの死体があって、絵は完成するの。絵の前では、あたしすらも絵の具なのよ」

「………………」

「あたしの命も、体も、人生も……全てこの絵のためにあったんだ」

小指も僕も何も言えない。

Kからは不思議な気配が漂っていた。それを死の気配と表現するのが正しいのかどうかわからない。

全裸になったKは、ただ美しかった。

絵のイメージのために準備してきたと言うだけあり、均整が取れた体つき。それだけではない。その表情は幸福に満ち溢れている。心からの幸福が、顔からも体からもにじみ出ていた。僕は想像してみる。

一生をかけて描きたい絵があったとする。そのために自分の命すら捧げる必要があったとする。逆に言えば自分の命を捧げることでしか決して描けない絵。究極の創作物。絵描きとして、それを成し遂げることはどれだけの幸せなのだろう。その完成を前にして、Kは最高の達成感を味わっている。

Kは手元から何か小さなカプセルを出して、飲みこむ。そして柱のそばに座り込むと、床を慈しむようなポーズをとった。おそらくこの姿勢がKの絵のイメージなのだろう。

Kが少し苦しそうに俯く。体がわずかに痙攣《けいれん》している。

Kの命が少しずつ終わりに向かっていく。それと正確に比例して、Kの絵が完成に近づいていく。自分の最高の作品が完成していくのをはっきりと感じながら、今Kは死んでいく。

これは自殺なのか。僕は考える。自殺には違いない。それもめちゃくちゃな自殺だ。たくさんの人に迷惑をかけた上に、とてつもない労力を費やして行った自殺だ。しかしKは幸せそうだ。このために生きてきたと言っていた。

これは僕の知っている自殺ではない。自殺はもっと後ろ向きなものだと思っていた。生命力のない奴がやることだと思っていた。

Kはそうじゃない。Kは生命力が強すぎて、命すら生きるために投げ出せたんだ。人生の目的のために自殺をするのなら、それはもはや「生きる」の延長線上にある行為じゃないか。

彼らの死体からは、病室でありとあらゆる延命措置を受けて生き続ける人間の何倍も、生々しいエネルギーを感じる。

「生きるための自殺か」

僕の心を知ってか知らずか、小指がぽつりと言う。小指が見つめる先でKの痙攣は小さくなっていく。

絵が完成する。

錦糸町という街に生えた、東京スカイタワーという世界樹。まるで縦に伸びたジャングルのようなそれは、空に突き刺さって血を流させている。その世界樹の奥で一人の女性が倒れている。女性は樹に寄りそうように、樹は女性を包み込むように。異質で奇妙な世界の中で、それでも女性と樹は静かで平和な時間を過ごしている。涼しい風が吹き抜けていき、快晴の太陽が彼らを照らし出す――

いつの間にか僕の目からは涙が溢れ出ていた。

何に感動してしまったのかわからない。こんなわけのわからないことで感動なんかしたくない。自称芸術家気どりが、自分勝手な騒ぎを起こしたあげくに自殺しただけじゃないか。それだけのことのはずなのに。

……いや、違う。

めちゃくちゃをしたのはKだけじゃない。ガリガリ君も、ヘシオリ君も、検算君もだ。彼らがどうしてあの精神科病院にいたのかはわからない。それぞれに一風変わった考え方を持っていた。そのために誰にも理解されず、誰かと感覚を分かち合うこともできず……。

結局、彼らにはあの精神科病院しか居場所がなかったのかもしれない。

しかし彼らは善良だった。おかしな所もあったが善良だった。

空が痒いのはガリガリ君にとっては単なる事実であり、それ以上でもそれ以下でもない。だから彼は東京スカイタワーに上りたかった。空をかきむしりたかった、そして赤いペンキを塗りたかった。

ヘシオリ君だって好きこのんで世界が傾いていると信じていたわけじゃない。しかしそう感じられるという事実だけがあった、そして平らな地面を思いっきり味わいたかった。

それから検算君。検算君は計算がしたかった。それだけじゃない、優しい検算君は……ガリガリ君やヘシオリ君、そしてKの夢をかなえてあげたかったんだ。だから、この計画に協力した。

みんなそれぞれに人生の目的があった。やりたいことがあった。だから一所懸命にお互い協力して、全員で夢をかなえたんだ。

そうだよ。彼らにとって今日は、晴れ舞台だったんだ。

涙が止まらない。

四人の笑顔を思い出す。

あんなに幸せそうに、そして必死に生きていた四人。東京スカイタワー占拠事件は、精一杯の命の輝きだった。それを理解してくれる人が何人いるだろう？

わけのわからないことをした精神障害者四人組だって、みんなは思うだろう。僕だって最初はそう思っていた。ちょっと普通と感覚が違うだけなのに、彼らの晴れ舞台が祝福されることはない。それが僕には、何だか悲しかった。

仕方のないことだと思いつつも、悲しかった。


「少し長居しすぎた。俗物君、行こうか」

小指が放心状態の僕を促す。

「警察に見とがめられたら……人質にされていた、という顔をしろよ。いいな」

小指に引っ張られるようにして僕は立ち上がり、歩き出した。

何だかやるせない思いのまま、僕たちはその場を離れた。

妹☘ミサエ

人々が話しているのが聞こえてくる。

東京スカイタワー内に警官隊が突入したらしい。人質の中にけが人はいるようだが、命に別状はないとのことだ。

次第に日は傾いていき、夜の明かりがともり始める。野次馬は一人また一人とどこかへ消えていく。それでも私は立ち続け、あたりを眺めていた。東京スカイタワーが長い影を引き、夕陽で真っ赤に染まるまであたりを眺めていた。

兄さんは……見つからなかった。

兄⚜ミサキ

僕たちが帰途についたのは、夜もすっかり更けたころだった。

「人質にされていた人間をこんな時間まで拘束するなんて、日本の警察官は愛が足りない」

小指はぶつくさと文句を言う。

「犯人の一味とされず、解放してもらえただけでも儲け物だと思いますが」

「まあな。これも、Kのおかげか」

Kは僕たちに疑いが向かないよう、工作をしてくれていた。僕たちがタワーに入ったのを携帯テレビで知ったKは、その時点で人質を一人解放したらしい。解放したのは十歳の女の子。つまり、僕たちが人質交換を申し出て、犯人がそれに応じたという体裁を整えたのだ。もちろんその旨を伝えた上で。

おかげで僕たちは女の子の両親に感謝までされてしまった。警察には、無謀なことをするなと注意されたが。

結果、簡単に事情や経緯を聞かれただけで、解放してもらうことができた。

「帰りは俗物君が運転するかい」

車に乗り込みつつ、小指が聞く。

僕は首を横に振る。何だかとても疲れていてそんな気分ではなかった。

「仕方ないな。まあ、どちらが運転したって同じようなもんだがね。どうせ我々はどちらも免許持ってないんだし」

小指はそう言って運転席に座る。

その言葉に突っ込み所を感じたが、もうどうでもよかった。

「とにかくここを離れるとしよう。祭りは終わりだ」

そうだ。祭りは終わった。ここはもう芸術的な空間でも、Kたちの夢が叶った幸せな世界でもない。単なる猟奇的事件の現場なのだ。正常な人間たちに多大な迷惑をかけたK。彼女の作りだした絵は消し去られ、東京スカイタワーは元に戻るだろう。

僕は車の窓を少し開け、流れてくる風を顔に受ける。

ひどく体がほてっていた。

熱を出して寝込んだ時のようだ。何か凄いものに触れて興奮し、僕の頭が過熱状態になっているのだ。顔面から空気中に放熱しながら、僕はぼんやりと考える。

Kたちは自殺をした。

生きるための自殺。Kたちは生まれた時から、自殺を目指して過ごしてきた。ずっと前から、今日という日は避けて通れぬものとして存在していたに違いない。無事に自殺できた彼らの人生は、目的が達成できぬまま老衰するよりは幸せだったのだろう。

紫も自殺をした。

死ぬことのない自殺。紫は今までの自分の全てを失い、代わりに理想の自分を手に入れた。記憶、感覚、環境、学習したものの全てを手放してまで摑んだ新しい生き方。無事に自殺できた紫の人生は、やはりそのまま生き続けて老いて死ぬよりは幸せだろう。

……自殺ってそういうものなのだろうか。

僕が自殺しようと思った理由は、そんなに複雑なものじゃない。何かやりたいことがあるから命を投げ出すわけでもないし、死んで生まれ変わりたい何かが存在するわけでもない。

僕が死にたかったのは、単に生きたくないからだ。それも、「じゃあ生きることの何が嫌なんだよ」と誰かに聞かれたらそこで言葉に詰まってしまうくらいに曖昧な理由しか持っていない。

言うならば、朝ごはんを食べる時に目玉焼きの黄身を箸で突き崩した時のむせるような匂い。たくさんの芸人が出ている賑《にぎ》やかなテレビ番組を見ていてふっと感じる寂しさ。夜の街でたむろしている人々の間を抜けていく時に浴びせられる視線。電信柱にくっついていた蟬《せみ》の抜け殻。掌をじっと見つめていて気づく、複雑な掌紋《しょうもん》。ふらふらと空中を漂う落ち葉がふっと僕の横で止まる瞬間。

そういったものが何だか僕は嫌だった。そういったものを感じた時にふと僕は死にたくなるのだ。悲しくなり、辛くなり、この世界にいたくないと思うのだ。理由なんてものじゃない。何が嫌なのか僕にもわからないし、どうして死にたくなるのかは誰にもわからないだろう。

本当は僕の奥底、僕も開いたことのない扉の奥に「死にたい理由」が眠っていて、それがふとした時に顔を出すのかもしれない。しかしその「死にたい理由」は僕がどんなに扉をノックしても全貌を現してはくれないのだ。

僕にとって自殺の動機はそんなものだったから、Kたちや紫の自殺を見ていて、ただ不思議だった。みんな「死にたい理由」がはっきりしている。はっきりしているから、迷いなく、幸せそうに自殺していく。世の自殺者たちはみんなそうなのだろうか。僕だけが変なのだろうか。

みんなはどうやって扉の奥から「死にたい理由」を取り出したのだろう。

僕にはわからない。

ため息をつく。

色々なことがわからなくて僕の頭の中はごちゃごちゃだ。

僕は、Kたちの死にざまを凄く美しいと思った。Kは素敵だった。ガリガリ君も、検算君も、ヘシオリ君も、素敵だった。だからといって僕は……彼らみたいになりたいわけじゃない。

僕は、どうしたいんだ？

僕は……。

闇の中に、東京スカイタワーが見える。ライトアップはされていない。あんな事件の後なのだから当然か。

周囲の光をその身に受けて、濃い紫色にも感じられた。

ふと紫に会いたくなり、僕はため息をついた。

三章　生きるためでも死ぬためでもない自殺　小指編

妹❀ミサエ

『自殺屋にご予約いただき、ありがとうございました。大変お待たせいたしました。正式サービス開始の準備が整いましたのでご報告いたします。以下のＵＲＬよりアクセスし、必要事項の記入および開催要項のご確認をお願いいたします。

http://www.-----------.co.jp/』

自殺屋からメールが届いたのは、あの東京スカイタワー占拠事件から一週間が経った頃だった。

見るや否や、躊躇することなく私はＵＲＬを踏んだ。迷う理由なんてない。自殺屋を追いかけていけば兄さんに辿り着くはずだ。今まで自殺屋がいたと思われる場所で、必ず兄さんの姿を目撃してきた。自殺屋のすぐそばに兄さんはいる。ひょっとしたら、自殺屋の協力者になっているのかもしれない。

兄さんが誰を何人自殺させていたって構わない。私は兄さんを見つけたら、絶対に連れて帰る。引きずってでも、殴り倒してでも連れて帰る。私は兄さんに生きていて欲しいんだ。

私の大好きな兄さん。

私の病気をもらってくれた兄さん。

リンク先では簡素なホームページが表示された。
氏名・連絡先を入力する欄の下に細かい文字でたくさんのことが書いてある。

まえがき
第一回全日本自殺大会の開催要項を以下のように決定いたしました。つきましては万障お繰り合わせの上、ご参加願えれば幸いでございます。

第一回全日本自殺大会　開催要項
・開催日時：××月××日　午前二時（開場午前一時半）
・集合場所：地図参照（東和台キャンプ場より徒歩十五分、海岸付近）
・持ち物：不要
本大会に参加する場合は、「登録」ボタンを押してください。

☆友達と一緒に自殺しよう！　フレンド・キャンペーン実施中
自殺屋を友達に紹介して、一緒に大会に参加するとたくさんの特典があるよ！
〈特典その一〉さみしくないよ！
〈特典その二〉一人で来るよりも安全だよ！
〈特典その三〉最悪お互いに殺し合えば自殺が楽だよ！

〈特典その四〉もうないよ！

〈特典その五〉考え中だよ！

友達を誘う場合は、下記の空欄に友達のメールアドレスを入力して「登録」を選択してください。メールはシステムより自動で配信されます。


読む私の眉間に皺が寄る。そこに書かれている文章はまるで冗談だった。特にフレンド・キャンペーンのくだりはふざけていて、ともすれば人をバカにしているようにも思える。しかし冗談で一笑にふすには、開催情報は具体的すぎた。日時、場所。はっきりと記載されたそれらの情報には、確かに実行するという意思が漲《みなぎ》っている。

冗談と本気が奇妙に混ざり合ったそのアンバランスさに私は狂気を感じて、ため息をつく。何が友達紹介キャンペーンだよ。こんなものに友達と一緒に参加させる神経が理解できない。少しでも参加者を増やそうとしているのかもしれないけれど、実際に友達を誘う人なんていないに決まっている。

私はもう一度ため息をつくと、携帯電話を閉じた。

兄✤ミサキ

「これでよしと」

パソコンに向かって何やら操作をしていた小指が言った。

ここ数日の小指は少し雰囲気が異なっていた。楽しそうで、それでいて難しい顔をして考え込んでいたりする。何か企んでいる。僕にもそれがよくわかった。そして前触れなく僕のほうを振り向くと、小指は言った。

「俗物君、ついに私も自殺しようと思う」

そしてにっこりと笑う。あまりに唐突なその発言に、僕は呆然とする。

「……え？」

「何を驚いているんだ。説明しただろう。素敵な自殺方法があるって。『正式サービス』だよ」

「ちゃんとは説明してもらってませんよ」

「あれ、そうだったか。すまない、ずっと前から一緒に計画を進めてきたような気でいた」

「何言ってんですか。会ったばかりですよ僕たち」

「そういえばそうだな、まあいいか」

適当な奴だな。

「しかし、偶然かもしれないが俗物君と出会ってから、私の自殺プランは急に動きはじめたような気がするな」

「完全に偶然ですよ」

「もともと私がこの自殺を考え付いたのは何年も前のことなんだ。その頃、Kの病院にも出入りしていてね。Kとそれぞれの自殺について話しあったことを覚えている。何年もプランを寝かせておいたのは、私に自信がなかったからだ。プラン自体にも、自分の力量にも自信がなかった。色んな意味でね」

　僕は、僕と出会う前の小指をよく知らない。

　出会った当初から小指は自信満々で、偉そうに話す奴だった。自信がないという言葉は、こいつに限ってとても意外に思える。

「しかし、俗物君に出会ってから色々なことがあった。紫の自殺はうまくいった。紫のおかげで得られた成功だけどね。さらに、Kが自殺を実行に移した。これも、ほぼ計画通り成功したと言えるだろう。どちらもひどく難しい自殺だった。それが立て続けに完遂された。そして、どちらの場合でも俗物君、君が現場にいたんだ」

「僕を成功のマスコットか何かだと考えているんですか？」

「そんなところかな。二度あることは三度ある、と言う。俗物君がいてくれさえすれば私の自殺もうまくいく気がする」

「僕にそんな能力ありませんよ」

「俗物君の判断を聞いているのではない。私がそう感じるんだ。俗物君が私に自信を与えてくれている。それに、Kの自殺を見て私もやる気になってきた。今が、実行に移すべき時なんだ」

　小指は力強く言ってのけると、僕を見つめる。

「協力してもらえるかな、俗物君」

僕はため息をつく。

「まずは教えてください。今度の自殺はどんな趣向なんですか？　正式サービスだとか何だとかはその自殺プランに関係してるんですよね。一体何を企んでいるんですか」

「私が今回考えている自殺は、世界で最高の自殺。私一人で行うのはあまりに勿体《もったい》ない。だからできるだけ多くの人と一緒に共有しようと考えている」

「集団自殺ってことですか」

「簡単にいえばそういうこと。そうだなあ、現実的なことを言ってもつまらないから、まずは理想を言おう。目標は全人類だ。全人類を自殺させようと思う」

僕は五秒ほど固まる。

「……は？」

「全人類を自殺させようと思う」

何言ってんだこの人は。

妹♣ミサエ

「あ、ミサエ。こっちこっち」

吉祥寺のサンロード入り口。待ち合わせ場所で私の姿を見つけたユッコは、手を振ってみせた。

「ごめん、遅れちゃった」

私は頭を下げながらユッコに駆け寄る。一年ぶりに見たユッコは少しやつれて見えた。

「たった五分だけじゃない。気にしないで。ミサエと私の仲でしょ」

ユッコは少し垂れがちな目尻をさらに下げて笑う。

「……うん、ありがとう」

ユッコは中学で仲良しだった友達だ。帰り道が重なっていたこともあり、よく遊び、よく話した。しかし別々の高校に進学してからは、急に交流が少なくなってしまった。

「あの喫茶店、美味しいんだって」

「じゃそこにしようよ」

私とユッコはドアを開け、店内に入る。

「ミサエ、こっち空《す》いてるよ」

ユッコは私の手をすっと引くと、店の奥の空席へと誘った。

相変わらず気軽にスキンシップするんだな。私は少しだけ不快に思う。この感じ、懐かしい。

ユッコと疎遠になってしまった原因は私にあるのかもしれない。高校に入って新しい環境にわくわくしていた私は、新しい友達と遊ぶので忙しかった。しかし、そんな私をユッコは何度も遊びに誘うのだ。ユッコには新しい友達ができなかったのかもしれない。スキンシップが多く、なれなれしく、そしてしつこく誘うユッコ。うっとうしくなってしまい、私はユッコからのメールに返事をしなくなった。

そのまま自然に私たちの仲は冷えきり、気づけば一年近く連絡を取っていなかった。

「ミサエも、アイスコーヒーでいい？」

「うん」

「アイスコーヒー二つ」

ユッコが店員さんに私の分まで注文してくれる。

今日の待ち合わせには少し気まずい思いで来た私だったが、ユッコはあまり気にしていないようだ。中学の時と変わらず明るく笑っている。何となくそれが不気味にも感じる。

「ミサエ、変わってないね」

ユッコがコーヒーにガムシロップとミルクを入れて、かきまわす。

「そうかな？」

「うん。いや、可愛くなったかな」

「ありがと。ユッコは……えっと、少し、痩せた？」

やつれたねなどと言うわけにもいかず、私は言葉を選ぶ。

「ん？　そうかな」

ユッコは笑みを絶やさない。コーヒーの黒に投じられたミルクの白が、何本かの細かい曲線になって溶けていく。

「ねえ、さっそくなんだけど」

私は切りだす。

「ん？」

「なんでこんなメール私に送ったの？」

私は携帯電話を開いてユッコに示す。そこには一通のメールが表示されている。

『◆友達があなたを招待しています。
ユリコ　さん　の招待により、第一回全日本自殺大会の参加権が今なら取得できます。
仲のよい友達同士で自殺すれば、一人で自殺するよりもずっと楽しいよ！　開催要項を確認する場合は、以下のURLよりアクセスしてください。
http://www.-----------.co.jp/』

ユッコからこのメールが届いた時、私は目を疑った。自殺屋のことを調べていなければ、ただのイタズラメールだと思って削除していたかもしれない。

しかし、見覚えのある文字列。そして、私に最初に来た自殺屋のメールと同じURL。

ユッコが自殺屋のフレンド・キャンペーンで私を招待したのは明白だった。

「決まってるじゃない。ミサエと一緒に自殺したいと思ったからだよ」

ユッコは少し首をかしげて言う。

「どうして……」

私は困惑する。私は兄さんを探して自殺屋に辿り着いたのだ。その自殺屋をどうやってユッコが知ったのか。なぜ自殺したいのか。どうして私まで自殺に付き合わせようとするのか。聞きたいことはたくさんあり、それが私を混乱させる。

「でもミサエ、ちょっと興味あったんでしょ？　だから今日、会おうって言ってくれたんでしょ」

「興味あったっていうか、どうしてか知りたかったんだよ」

「大丈夫。自殺屋はね、プロだから。私たち素人と違って自殺の知識も豊富なはずだよ。確実に、きちんと自殺させてくれると思うんだ」

私が独自に自殺屋を調べているということは、ユッコには伝えていない。いや、ユッコどころか誰にも言っていない。面倒なことになりそうだからだ。そんな私の心境など知らず、ユッコは自殺屋について私に説明する。

「この全日本自殺大会はね、ずっと前に予約が閉め切られているの。私はずっと参加したかったから、かなり早い段階で予約しておいたんだ。見て」

ユッコは自分の携帯電話を操作すると、番号が表示された画面を誇らしげに私に見せた。

「予約番号、三十四だよ。二桁の番号って凄くない？　いや、何人参加者がいるのかはわからないんだけどね。初回だから百人くらいなのかなあ。とにかく予約ができなかったら、第二回以降の参加に回されちゃうんだよ。でも大丈夫、私のこの予約番号があればミサエも一緒に第一回に参加できるから」

その予約番号、私も持ってる。確かユッコのものよりは小さい番号だったはずだ。しかし私はそれを口にはしない。

「ミサエ、気にしないでいいからね。私とミサエの仲でしょ。それに、ミサエと一緒に行けるんだったら私も嬉しいからいいんだよ」

私がこの全日本自殺大会に参加したがっている、そうユッコの中では決まっているらしい。兄さんと会うためにもともと行くつもりではいたのだが、そう決めつけられると少し釈然としない。

「私、自殺なんかしたくないよ」

私は正直に口にする。

「そうだよね、誰でもできれば死にたくなんかないよね」

ユッコはうんうんと頷く。そう言うと思ったよ、という態度。

「ユッコは自殺したいの?」

「私だって別に、死にたいってまで思いつめていたわけじゃないのよ。イジメくらい我慢できるし」

「ユッコ、いじめられてるの?」

ユッコの顔がゆがむ。

「……違うよ。でも、クラスにはつまらない奴らもいるんだ。人に辛い思いをさせるのが好きな奴らがね。くだらないよ、本当に。私はそんな奴らと一緒に無駄に時間を使うのが嫌なんだよ。ミサエだって、そうでしょ？」

「私は別に……」

いじめられてないけど。

「そうだよね。ミサエは私と同じで優しい人だから、やっぱりそうだと思ってた。ミサエとか私みたいな、大人しいタイプ、やつらは標的にしたがるよね。あいつら弱虫だから、言い返してこない奴にしか絡まないからさ。しばらく連絡取れなくなっちゃったのも、それが理由なんでしょ。私と同じだね。私も携帯を開くとあいつらからの呼び出しや悪口メールばかり来るから、あまり触らないようになったもの。ミサエも悩んでたんだよね、そうだよね」

「私は……」

違うよと言おうとするが、ユッコの泣きながら笑うような異様な表情の前に声が出ない。

「知ってるよ、言わなくてもわかるから。大丈夫。ミサエ、無理に言わなくていいんだからね。私とミサエの仲じゃない。ミサエのことは私、よっくわかってるから。安心して。ね、一緒にこの全日本自殺大会に行こうよ。そうすれば全て救われるんだよ。願ってもない話でしょ」

ユッコがずいと身を乗り出してくる。私はアイスコーヒーを一口含んで、言う。

「自殺して、全て救われるなんておかしいよ」

私がそう言うと、ユッコは笑う。

「そんなことないよ。自殺屋の正式サービスが始まるんだから」

「え？　どういうこと？」

「あ、そうか。知らないんだ。自殺屋はね、全人類を自殺させるんだよ。今回の全日本自殺大会はその最初の大会。どういうスケジュールでやるのか詳しくは知らないけれど、最終的には全人類が自殺するんだ。どうせそうなるんだったら、少しでも早く死んだ方が得でしょ。自殺屋のホームページに詳しく書いてあるから、ちゃんと読んだ方がいいよ」

「……え？」

私は思わずまじまじとユッコの顔を見てしまう。ユッコ、正気なんだろうか？　正常な判断力を失っているんじゃないか？　ユッコ……どうしちゃったの？

ユッコの瞳はしっかりと私に焦点が合い、曇りなくきらきらと輝いていた。

兄⚜ミサキ

「俗物君、私はずっと考えていたんだ。どうして自分が自殺をしたくなったのか」

「そういうことなら、僕も考えてましたよ」

「私にはね、特に死にたい理由はなかったんだ。現状に不満はない。社会には色々な矛盾や不公平な現実があるけれど、それはそれで面白い。そんな私が自殺に興味を持ったのは、ほとんど純粋な好奇心と言っていい」

「好奇心ですか」

「死んだらどうなるのか。生きていても色々と面白いことがあるだろう。それと同じくらい、死の世界にも色々と面白いことがあるんじゃないのか。そんな気持ちだった」

「……なるほど」

何か違う。僕の中で、今までになかった感覚が生まれ始めていた。

「でも世の中の人は違う。将来どんな風に楽しく生きていくのか考える人はいても、将来どんな風に楽しく死のうか考える人はいない。面白い生き方を考える人はいるのに、面白い死に方を考える人はいない。私の感覚ではとても奇妙なことのように思えた。朝ご飯にパンとご飯が選べるとして、だいたい五十人ずつがパンとご飯それぞれを選ぶならわかる。少し偏りが出るとして、六十人と四十人とか、七十人と三十人とか、それくらいの数値も十分理解できる。しかし百人全員がパンを選んだら、奇妙だろう？　それと同じ感覚だった」

「…………」

小指は僕とは違う。自殺したいだとか、自殺の方法を考えているだとか、そういうことを言うから、僕と近い所にいる人間のように思っていた。しかし、違う。何かが決定的に違う。体が震える。嫌な感じだ。目の前にいる小指が、ひどく怖い。

「みんな、騙《だま》されてないか？」

小指の目はキラキラ輝いていた。

「どういうことですか？」

「だからさ」

先の言葉を聞きたくない。

「生きた方がいい。いや、生きなくちゃいけない、かな。死という選択肢はない。そう思い込んでないかな？　よく考えてごらんよ、朝ご飯にはパンとご飯が選べるんだ。ご飯があることを知らなかったら、パンしかないと思っていたら、百人全員がパンを選ぶだろう。いや、パンしか選べない。つまり、みんなそうなんじゃないか？　生と死と、選択肢が二つあることを知らずに、片方だけを選んでいないか？」

こいつは危険だ。何かやってはいけないことをやろうとしている。考えてはいけないことを考えようとしている。そんな思いが僕の中で火花のように散る。

「まあ、簡単に言えばそんな思いが私の中にあってね」

「……そう、ですか」

小指は僕のようなタイプではない。僕は、悩んだ末に自殺を考える人間だ。だけどすぐに決断できないのは、人間らしい感情が色々あるから。怖いとか、死にたくないとか、残していく人への想いとか。悲しみや苦しみや、嫉妬だとか自己嫌悪だとか、そういった感情がごちゃごちゃに絡まり合って今の僕がある。

でも小指は違う。

そもそもの考え方が違うんだ。

小指の中では論理が軽々と感情を超えてしまう。死は避けるべきことだとか、死は悲しいことだとか、そんな前提すら彼の思考回路は壊していく。死を避けるなら同じくらい生も避けてもいいはずだとか、死を悲しむなら生も悲しもうだとか言い始めてもおかしくない。それもただ妄想を垂れ流すだけなら無害だが、小指は圧倒的な行動力で実際にやってのけてしまうのである。紫がそうだったように。危険すぎる、この男の存在は。

人間は共通の常識があるから、初めて統率がとられて群れていられる。死を誰も恐れなくなったら法律も政治も機能しないし、宗教も文化も倫理も根っこからひっくり返るぞ。人間が人間であることを失う。それは僕には死よりも恐ろしいことのように思えた。

危険だ！

「だから他人を使って、色々な自殺を試したりしてきたのさ」

「……僕とは全然違いますね」

とにかく、僕は急に小指を危険だと感じ始めた。小指が別の種族みたいに思える。昆虫か、あるいは軟体動物のような。とにかく人間ではない、むしろ人間を滅ぼそうとする敵だ。思えば僕は最初から小指のことをいまいち好きになれなかった。あの時からうっすらと感じていたのかもしれない。それが今、一気に表面化したのだ。

「人はみんな違うからね。それで俗物君、今回の私の自殺なんだが」

「はい」

僕の中に猛烈な小指への敵意が湧いてきている。誰かに対してこんな感情が湧いたのは初めてだ。僕はそれを必死に抑えながら小指の話を聞く。

「私が思いついた方法はね、とても贅沢な方法なんだ」

「どういうことですか」

敵意という言葉は正確じゃない。そう……これは、殺意だ。

「そもそも片方選ぶという時点でちょっと残念な気がしてしまうんだよ。私だったら朝ご飯に、パンもご飯も両方食べたいんだ。両方選びたいんだ」

「両方？　ということは」

「わかりやすいからたとえ話を使ったがね。つまりはそういう自殺方法だ」

小指はにっこり笑った。

その自殺方法の詳細を聞く前から僕の心は決まっていた。

難しいかもしれない。でもやらなくてはならない。

小指を、殺そう。

妹☙ミサエ

☆なぜなに自殺屋☆

★イベントスケジュール

本大会は、全三十回の開催を予定しております。なお、回が進むごとに一回の開催人数は増加する予定です。十回目で全日本国民が、三十回目で全人類が自殺することを努力目標にしています。

二回目以降の参加者の方は、一回目の開催模様を見て、それを参考にして適当に自殺して下さいね。

※予定は変更になる可能性がございます。

★なぜ、今自殺が熱いのか？

日本では若者の自殺を危惧する声が多く聞こえますが、実は今欧米を中心として、特に高度な教育制度で知られる北欧では自殺が空前のブームとなっています。世界は一時のような大量消費時代を脱し、新たな省エネ時代へとシフトしつつあります。自らが発生させる二酸化炭素を停止させ、森の栄養とする。自殺は地球温暖化対策にも一役買うのです。意識の高い若者たちの中には、自分を変えるためのチャレンジとして自殺を選ぶ人もいます。苦しみは一瞬だけ。明日から、ちょっとした我慢から出来るエコ、それが自殺。あなたもトライしてみませんか。

★有名ブログでも紹介！　口コミで広がる自殺！

「自殺」をイイネ！　と四千九百十五人が評価しています。

このリンクから自殺について呟いて、限定待ち受け画像を貰おう！
※参加にはツイッターアカウントの取得が必要となります。

★今、自殺に踏み切る十の理由
〈その一〉生きていても辛いことばかり！

交通事故に怯《おび》え、ガンの恐怖に怯え、地震に怯え、放射線に怯え、よくわからないけれど毎年出てくる変な物質に怯え、仕事で苦労し、低賃金に泣き、凶悪犯罪に震え、増え続ける税金に怒り、ブームに踊らされ、介護に疲れ、差別に苦しみ、ええと、あと、あと、あうあうあうあ
〈その二〉どうせ死ぬとしたら早い方がいい！

現状の物価推移から予想すると、何だかよくわかりませんが今後は悪化します。今、円高なので、いや、円安だったかな、とにかく行動するならたぶん今です。

〈その三〉「自殺は怖い」のウソ？

自殺は怖いだとか、悪いだとか、誰が決めたのでしょうか？　何の根拠があることなのでしょうか？　今まで妄信されてきたこの命題にクエスチョンを出す向きが世界的に高まっています。奴隷制度もそうですが、それまで当たり前であった常識を打ち崩し、新しい概念を打ち立てることで人類は進歩してきたのです。自殺に対する古くて腐りきった偏見を捨てて、新たなフロンティアに踏み出しましょう！

〈その四〉以下省略

「……何この、酔っ払いが書いたような文章は」

つぶやく私の横では、ユッコが目をキラキラ輝かせている。

「テンションが面白いでしょ。自殺屋ならではのユーモアよね」

「いや、ここまで来ると面白いを通り越してただの狂気だと思うけれど……何だろう。どこから突っ込んでいいのかわからない。ん？　『自殺』をイイネ！　と四千九百十五人が評価しています、って書かれてるけど……詳細が表示されないよ。捏造《ねつぞう》なんじゃないの」

「そんなことないでしょ。公式ホームページなんだから。信用にかかわるし」

「公式ってついてるからって簡単に信用するのもどうかと思うんだけど……」

私はユッコの家で、自殺屋の公式ホームページを見せてもらっていた。説明文を読めば、自殺屋の正式サービスについてよくわかると言われたからだ。しかし、説明文を読んだ私は余計に混乱していた。

「一体何が言いたいのよこれは」

何度読んでもよくわからない。

出来の悪い週刊誌のような、エロ本の裏表紙に載っている怪しい広告のような文体。それらしいことを言っているように見せかけてその実中身のない駄文。書かれていることといえば、一貫して、とにかく自殺をしようということだけ。頭が痛くなってくる。

「このページでわかりにくかったら、もっとまじめに書かれているバージョンもあるよ」

「まじめ?」

「うん。まじめバージョン。そこでは数式とかを使って自殺したほうがいいことを説明していたかな。色々なバージョンがあるのよ。子供向けに、絵本みたいな感じで書かれているバージョンもあったよ。ほら、そこのサイドバーから飛べる」

ユッコがディスプレイを指差す。そこにはアンパンマンのようなキャラクターが「じさつっていいことなんだよ! くわしくしるならここをクリック!」という吹き出しとともに表示されていた。

私は絶句する。

「どお? ミサエ、面白いでしょ?」

「いやあ……面白いといえば面白いけれどね。しかしこのホームページを作った人は、よっぽどみんなに自殺をしてほしいんだね」

「まあ、そういうことになるかな」

「はあ……」

「でもねミサエ、自殺によって救われる人がいるんだったら、それもいいんじゃない?」

「他人に迷惑かけなければいいとは思うけれど……」

私はなんだか濃厚な悪意に触れたようでげんなりする。自殺。兄さんが自殺してしまったら、私は悲しい。自殺して悲しむ人がいる限り、自殺を推奨してはいけないと思う。楽になるとか救われるとか言っても、結局のところそれは自己満足にすぎないよ。

それに人類全員を自殺させるだなんて。

少なくとも私は生きるのが好きだ。他にもそういう人がたくさんいるだろう。なのに自殺屋は、自殺は絶対的に正しいことだと、押し付ける。その自分勝手な主張が不愉快だ。

私が存在する限り、人類全員が自殺するだなんてことは達成できない。確実に。私は、ふんと鼻息を荒くした。

「ミサエは、他人に迷惑かけなければいいって言うけど。生きている方が他人に迷惑をかける人だっているでしょ？」

「え？　いや、まあそれは……」

「死んで迷惑をかけるタイプの人間もいるけど、生きていて迷惑をかける人もいる。長く生き過ぎて他人の足を引っ張ることしかできなくなったり、自分勝手に生きて他人の人生を破壊したり。どうしてそれは許されるの？　それは許されるのに、自殺を許してはいけないのはなぜ？　自殺が絶対的に悪いと言い切れる理由は何？　そんなものないでしょ。生きていた方がいいっていう考え方って、古いわ。大学を出れば人生は安泰っていう考え方と同じくらいに古い思い込みだわ」

「そうかしら」

「そうよ。自殺屋はそこに気づいて、みんなに周知しようとしているのよ。そのためにこのイベントは企画されているってわけ。きっと当日はたくさんの人が集まるわ。そしてたくさんの人が自殺して、新しい世界に旅立つの」

ダメだこりゃ。

ユッコは自殺の願望にすっかり支配されてしまっている。もともと自殺したいと考えていたところに、自殺を肯定するようなイベントと出会って、すっかりその気になっているようだ。

説得する気が失せるほど、ユッコの目はキラキラ輝いていた。

「私はこの文章を読んでもちっとも参加したいと思えないんだけれど」

「そのために友達参加キャンペーンがあるんじゃないかな。半信半疑でもいいから参加して、納得できたら自殺すればいいのよ。ほら、アイドルのライブなんかでも同じでしょ。最初は友達に誘われてなんとなく参加して、意外と面白かったからどっぷりはまっちゃうパターン。はまらなかったら別にそれはそれでいいんだしさ。あくまで自殺なんだから、自分で命を絶つわけだからね。嫌だったらやらなければいい。誰かに何かを強制されるとかそういうことはないんだから、心配いらない。ね、ミサエ。無理に一緒に自殺しようとは言わないよ。でも一緒にここに行くくらい、付き合ってもらえないかな？」

ユッコはずいと身を乗り出した。

私は考える。

どうしたらいいだろう。

ユッコをこのまま自殺させてしまうわけにはいかない。何があったのかわからないけれど、ユッコは今普通じゃない。私としては、ユッコがこのイベントに参加しないようにしたい。私が参加しないと言えば、ひょっとしたらユッコも参加を思いとどまるかもしれない。だけど……。

私は兄さんを探さなきゃならない。

私は全日本自殺大会に行かなきゃならない。

参加しないとユッコに告げてこっそり行っても、会場でばったり出会うことになってしまうだろう。それを考えると、ユッコと一緒に参加した方がいいかもしれない。

「ねえ、いいでしょ。プチ旅行気分でさ。近くに漁港もあるんだよ。魚とかきっと美味しいよ」

「ううん……」

ユッコと一緒に参加したなら、現場でユッコの自殺を止められるかもしれない。しかし兄さんを探すにあたって、ユッコと同行することが吉と出るか凶と出るかはわからない。単独での行動はしづらくなるだろうけれど、逆にユッコをうまく誘導すれば一人では難しいこともできるかもしれない。一長一短か。

どうしたらいい。

どうしたら。

「ね、いいでしょ。ミサエ」

ユッコはそっと私の手をにぎる。

熱くて粘っこいような、その皮膚。

「……わかった。一緒に行くよ」

私は答えた。

喜ぶユッコの声を聞きながら、私は湧きあがる不安を抑えるのに必死だった。

兄✢ミサキ

「こんなに参加希望者がいるんですか」

僕は小指が見せてくれた参加者の一覧表を見て驚く。そこには百人を超える名前が列挙されていた。

「Kの協力もあって、かなり広めることができたからね。他にも色々と手を打って自殺屋の噂は振りまいてある。とにかく認知されることが大切だから、割と強引なホームページも用意した。意外と知ってる人は多いんだよ。当日に全員が来るとは思わないけれど、半分来るだけでもかなりの人数だ。これが何回か繰り返されれば、いつかは全人類が自殺できるんじゃないかな」

小指がパソコンを操作しながら言った。

「なるほど。とにかく『全日本自殺大会』っていうイベントにこのお客さんたちを招いて、そこでみんなで自殺するってわけですね」

「そういうこと」

「……で、実際にどういう方法で自殺するんですか？」

「ん？　うーん」

「紫の時も、Kさんの時も、準備が凄く必要だったじゃないですか。今回は道具とか準備とかいらないんですか」

「準備は特に必要ない」

「え？　じゃあどうやって」

「会場にみんなを集めて、後は私が話すだけだ。とりあえずそれができればいい」

「……はあ」

「当日に、最終確認のメールを送る。それを俗物君、やってもらえるかな。文面は用意してあるし、宛先はそのプログラムで管理できるから。そう。私はホームページの方を整備しなくてはいけないのでね。突貫工事で作ったから手直しが必要なんだ」

「……わかりました」

僕は小指の手伝いをしている。

隙を見て彼の命を絶つ。そう決意したものの、なかなか実行には移せないでいた。これもまた、自殺と同じでタイミングが難しい。何より小指はほとんど僕に隙を見せないのだ。

僕の前で眠ることもないし、ぼうっとすることもない。そして大抵の時間、僕と同じ部屋にいて、僕と一緒に行動している。僕が変な素振りをすればすぐに気付かれてしまう。

いっそ強引に襲いかかればいいのかもしれないが、僕は腕力に自信がある方ではない。小指もそんなに喧嘩が強くはなさそうだが、良くて相打ちというところか。下手したら逆にやられてしまうかもしれない。

今はもう少しチャンスを窺うんだ。

僕は自分に言い聞かせる。

さらに言えば小指を殺すだけではだめだ。小指に巻き込まれて死ぬ人がいるなら、小指に騙されて死ぬ人がいるなら、彼らを助けなくてはならない。つまりこの「全日本自殺大会」というイベントを失敗させなければ。

落ちつくんだ、僕。

イベントを破綻させつつ、小指を油断させせて、そして殺す。成し遂げるには慎重に行動しなけりゃダメだ。やるさ。やってやる。

小指。僕と出会ってから、自殺のプランが進み出したと言っていたな。小指の中ではそうなのかもしれないけれど、結局そのプランは僕によって崩壊するんだ。何だか皮肉な話だ。

僕はあくまで小指に従う俗物を演じる。

演じながら、小指の最大の敵になる。

冷たい血が僕の体内を巡り始めているのを感じた。

妹❀ミサエ

「着替えと、防寒着はいるわね。それからお菓子、切符」

私とユッコは一緒に荷造りをしている。全日本自殺大会の開催地は私たちが住む町から電車で四時間ほどの場所にある。ちょっとした小旅行だ。

「あ、まてよ。帰りのぶんの切符はいらないんだわ。だって帰ってこないんだもの。ね、ミサエ不思議じゃない？　私たち、いつも旅行に行く時は帰ってくることを想定しているんだよ。でも今回はそうじゃない。何だか不思議」

「……そうね」

当然私は帰りの分の切符も用意するつもりだ。それだけではなく、防寒着を二枚用意した。兄さんの分だ。兄さんを連れ帰るために行くのだから。

私は帰る。兄さんと一緒に。

「それにしてもミサエ、この集合場所見た？」

「え？　うん」

ユッコは印刷した地図を差し出して見せる。

「ここ、最寄駅からだいぶ離れてる」

「……ほんとだ」

全日本自殺大会の会場は、地図で見るとひどく中途半端な位置にあった。どの駅からも遠く、街からも離れている。周辺には何のランドマークもない。海岸のすぐ近くであること以外、その場所には何の特徴もなかった。

「大きなホールとか、そういう所でやるんじゃないんだね」

私が言うと、ユッコが笑う。

「コンサートじゃないんだから、そんな所じゃやらないでしょ。でも不思議だね、どうしてここでやるんだろう」

「行ってみればわかるのかな」

「そうかもね。それにしても結構歩きそうだね。ちゃんとした靴を履いていった方がよさそう」

ユッコはそう言うと、棚から運動靴を取り出して鞄の横に置いた。

その時、着信音が響いた。

「メールかな」

「メールだ」

私とユッコは顔を見合わせる。二人同時に届いたメール。携帯電話を取り上げて内容を見る。

「自殺屋からの連絡事項だ」

差出人、自殺屋。件名、連絡事項。

全日本自殺大会は今日の夜だ。こんなギリギリの時間に、何の連絡事項だというのだろうか。

ユッコは笑顔で、私は眉間に皺を寄せながらそのメールを開く。

『自殺屋は死にました。大会は開催されません。ご了承ください』

端的に書かれた文章が私の網膜に焼きつく。

数十秒ほど経過したのち、ユッコが変な声で言った。

「えっ？」

兄⚜ミサキ

「俗物君、終わったかい」

「は、はい」

後ろから小指に話しかけられて、僕は慌ててパソコンの画面を切り替える。

「どうもありがとう。その最終確認メールさえ送ってしまえば事前の準備は終わりだ。休憩して、後は現地で参加者を待つとしよう」

「わかりました」

僕は答えながら、ちらりと画面を確認する。メール一斉送信完了。無事、最終確認メールは参加予定者に対して送られた。しかしそれは小指に指示された、開催内容の最終確認が書かれた文面ではない。僕が差し替えた、大会の中止を伝える文面だ。

小指。このメールの送信を僕に任せたのは失敗だったな。

こうするだけで小指の計画は崩壊してしまう。それだけじゃない。参加者が誰も来なければ、当日深夜に、僕と小指だけが人気《ひとけ》のない会場に集まることになる。

それこそ小指の命を奪う絶好のチャンスだ。小指は計画に発生した問題に動揺し、きっと隙を見せるだろう。僕にとっては想定通りだから、何の心配もない。小指を殺すことができる。

会場は住宅や道から離れた海岸だ。人通りもないだろうから、目撃される心配などもない。

大丈夫だ。うまくいく。

僕は胸ポケットに入っているナイフの感触を確かめる。

「たくさん人が来るといいですね」

肉まんを半分に割り、中の具だけをスプーンですくって食べている小指に、僕は心にもないことを笑顔で言った。

「そうだな。ところで俗物君は、この第一回全日本自殺大会で自殺する気はあるのかい。もし君が望むのであれば、一緒に自殺しても構わないが」

「……そうですね……」

僕は一瞬迷った。

もう僕には、小指の計画に乗って自殺する気などなくなっていた。だけどそれを明らかにしたら僕の企みがばれてしまうかもしれない。どう答えるべきだろうか。

しかし僕のその迷いを、小指は見逃さなかった。

「なるほど。そうか、私が怖くなったか」

「…………」

たった数秒の躊躇で、そこまで感じ取れるのか。小指の真っ直ぐな視線が、僕の心という複雑に絡まった繊維の中心を貫いていくように感じた。

「気にしなくてもいい。俗物君、君が私の意見に賛同していないことはずっと前から理解していた」

「小指さん、僕は」

「だがそれでいいんだ。私はむしろ安心したよ。俗物君、君は私とはきっと逆の方向から世界を見ているのだろう。俗物君、君がそうして私を批判的な目線で見ていてくれるから、私はこの自殺の実施に踏み切れたんだ」

「そうなんですか」

「ああ。単純な賛同者が何人もいるよりも、批判的な人間が一人いる方が正確に状況を把握できる。私が俗物君と出会ってから計画が進み出したと表現したのは、つまりはそういうことだ」

「はあ、なるほど……」

よくわからないが、どうやら僕の企みには気が付いていないようだ。僕は一安心しつつ、小指の話を聞く。

「俗物君にそのつもりがないのなら、構わない。私たちの自殺を見学していくといいよ。後は好きにしてくれていい。もしよかったら、二回目以降の自殺大会を仕切ってくれたらうれしいが……まあそれは君に任せる！」

「はい」

小指は何を思ったのか、ふと話題を変えた。

「……ところで俗物君には、家族はいないのかい」

「ああ……ええと……」

「どうした？」

「いや、何でもないです。そう聞かれるまで、意識から消していたような感じだったので。家族、いたと思います。妹が一人」

「そうか。妹が一人か」

「両親は死にました。事故で」

「なるほど。俗物君は、せいぜい家族を大切にするといい」

「はあ……？」

何を言っているんだ小指は。僕を思いやってくれているのだろうか。それにしても、普段の小指ならば口にすることのない話題のように思えた。

「……そろそろ出掛けようか」

小指は上着を着ると、立ちあがった。

「はい」

小指がドアを開けると、きいと音がして外の光が差し込んでくる。

「鍵はかけないでおこう。もうここに帰ってくることはないだろうからな。紫も自由に外に出て行ってくれて構わない」

「そんなわけにはいきませんよ。僕は戻ったら、紫の世話を続けます」

「そうかい。どちらでもいいけどね。じゃあこれは今後のために渡しておこうか」

小指はドアを施錠したのち、僕のポケットに鍵を押しこんだ。

きんと金属的な音がした。

妹⁂ミサエ

とにかく行く。

その一点において、ユッコと私の見解は一致していた。

『自殺屋は死にました。大会は開催されません。ご了承ください』

あのメールを見て、私たちの頭に満ちたのは困惑だった。ここまで準備をしておいて、どういうことなのか。それも天候や、交通機関といったトラブルでの延期や、中止ではない。自殺屋が死んだから中止とは。

意味がわからない。

何が起こっているのか理解できない。

「……ユッコ、これ……」

「そんなはずない。そんなはずないよ。そんなはずない」

「………」

私は考えていた。予定通り、会場に行くしかないと。自殺屋が死のうがどうしようが、今は兄さんの手がかりはこれしかないのだ。とにかくそこに行き、調べてみるしかない。

「そんなはずないよ。そんなはずない。そんなはずない」

ユッコはぶつぶつと何か独り言を繰り返している。ちょうどいい。これでユッコが参加を思いとどまってくれれば、私一人で行くことができる。

「ユッコ、残念だったね。でも仕方ないよ」

「そんなはず。そんなはずは……。あ、そっか」

ユッコの顔がぱっと明るくなる。

「あ、わかったわかった。ミサエ、わかったよ。これフェイクだよ。フェイクだって絶対。きっとあまりにも参加者が多すぎたからこうやって引っかけメールを送ってんのよ。あー絶対そうだそうに決まってる。ああびっくりした、一瞬本当に中止になっちゃったかと思ったよ。あの自殺屋のことだもの、これくらい悪質な引っかけはやりそうだよね。まあ私たちは引っかからなかったけれど。こうやってフェイクだって見破れる人だけが参加できるって仕組みよ」

「え？　ユッコ」

「よかったよかったわかってよかった。ミサエも焦ったでしょ？　ごめんね、私がすぐに気付かなくてさ。大丈夫。予定通り集合場所に行けばいいんだよ。それだけのこと。何の心配もいらないわ。さ、準備準備。ミサエ、アメは持った？　持ってないなら私、二人分持ってくね」

ユッコは上機嫌でお菓子を詰め始めた。

話にならない。

何でも自分に都合のいいように解釈してしまっている。

私はため息をついた。

時間が近づいてきている。私たちは電車に乗り、現地に向かう。

予定通りなら、開催は今日の深夜。

兄⚜ミサキ

すっかり夜も更けてきた。

僕と小指は全日本自殺大会の会場に到着していた。

「小指さん」

「ん？」

「どうしてこの場所なんですか？」

　会場は何の変哲もない海岸だった。道や駅からは遠く、アクセスは悪い。海水浴場のように整備されてもいない。大きめの砂利や石が転がっているばかりだ。寄せては返す波の音がなんだか恐ろしく聞こえる。黒い海が怪物のように、身をうねらせているのが見えた。

「私の好きな場所なんだ、ここは」

「好きな場所？」

「俗物君、浜に転がっている石をよく見てごらん」

　僕はかがんで石を拾い上げる。波に濡れた茶色の石は、懐中電灯の光の中できらりとまたたいた。

「この石……透き通っている」

　よく見れば、浜を覆っている石はどれも透明のようだった。時折雲間から覗く月の光を反射し、きらきらと輝いている。

「グラスビーチだよ、俗物君」

「なんですかそれ」

「つまり、ガラスの浜だ」

　手に触れる石の感触は、確かにガラスのそれだった。

「ガラスの浜……」

「ガラス瓶だよ。それを海に捨てていた時代があったんだ。割れたガラス瓶は、摩耗されて丸い石のようになり、海流に乗って浜に流れ着く。海流と地形の関係でそれが集まる浜があるんだ。見てごらん、透明、緑、茶、オレンジ、青、赤。色とりどりの瓶がこんな浜を作るんだ。人がゴミに出した物が、巡り巡って美しい浜辺を作り上げる。何だかそれがとても不思議でね。気に入っているんだ」

見れば、すぐ横の石も。その向こうの石も。透明なガラスだった。元はビール瓶だろうか、それとも炭酸飲料の容器だろうか。茶や緑の石が多いようだ。人間がよく使う瓶の色によるのだろうか。

「時代はもうペットボトルになってしまった。リサイクル運動もエコ活動も活発だ。海に投げ捨てられるガラス瓶はどんどん少なくなっていく。グラスビーチを見ることができるのも、この百年くらいの間だけかもしれない。だから……色んな人に見せたくてね」

小指は腕時計を確認する。

「開催まであと十五分くらいか、俗物君」

「はい。準備とかはしなくていいんですか？」

「特に準備はいらないよ。……思ったよりも人が少ないな、俗物君。こんなものだろうか」

少ないどころではない。見渡す限り、僕と小指以外に人間の姿は見当たらなかった。

「これから来るんじゃないですかね」

僕は適当に返答をする。

「ふう。まあいい」

人が集まることはない。僕だけはそれを知っている。大会は中止にしたのだ。僕の独断で。小指にはもう何もかも諦めてもらわなくてはならない。

冷たい夜の風が僕と小指の間を通り抜けていく。

胸ポケットに入っているナイフの感触を改めて感じる。

僕がナイフで切りかかったとして、小指も大人しく刺されはしないだろう。彼の命を確実に奪うためには、準備がいる。隙だ。小指が背中を向けている時、小指が何かに夢中になっている時。そんな時を狙って、急所を攻撃する。それしかない。そんな想像を僕は広げる。

「俗物君。少し、クイズをしないか」

「クイズ、ですか……?」

思わず戸惑う。何を言い出すんだ小指は。

「では、クイズその一。君が生まれた瞬間はいつだろう」

「一九××年の八月十七日です」

「それは、何の日付?」

「?　何を言っているんですか?　母親が僕を出産した日ですよ」

「俗物君、私の質問の仕方が悪かったのかもしれない。私は君が出産された瞬間を聞いたのではない。君がいつ生まれたのか、君がいつ発生したのかを聞いたのだ。母親のお腹の中でも、胎児は生きている。心臓が動き、肺が呼吸の練習をしている。ならば、生命が生まれた瞬間というのは出産より以前に存在しているはずだろう」

なるほど。確かにその理屈は正しい。

「それでは……受精した瞬間でしょうか。それがいつなのか、正確には知りませんが」

「受精か。卵子と精子から受精卵が作られる瞬間。しかし卵子と精子はそれ自体が生きている細胞だ。いわば君は、卵子と精子という二つの要素として受精以前から『生きていた』ことになる」

「……いやまあ、そうですけど」

何なんだこの問答は。確かにそういう考え方もあるかもしれないが。

「精子は父親から、卵子は母親から作られる。その両親が性交するより以前に、君という要素は生まれていた。その両親もまた、精子と卵子から生まれたわけだ。とすると君という要素は両親の両親の中にもすでにあったことになる」

「そんなことを言い出したら」

きりがない。

「つまり君という命は、どこまでも古く遡《さかのぼ》っていけることになる」

小指は一呼吸置いて、言った。

「つまり。君は、永遠に……はるかな昔から『生き続けている』とは言えないだろうか」

僕の中に奇妙なイメージが生まれる。自分という存在が何億年という時間を貫くようにして存在しているイメージだ。記憶はない。何世代も前に見た世界の記憶も、思い出も、何もない。だけど、そもそも記憶を持っていないだけだとしたら？　精子の状態でも、卵子の状態でも、おそらく記憶を持つことはできないだろう。でもそれでいいんだ。『自分が生きていたなら記憶があるはず』という考え自体が単なる思い込みかもしれない。記憶なんていうものは、そもそもここ数年、数十年だけあればいいものなんじゃないか。古い記憶は順々に捨てていく。最近の記憶だけを持って、僕はずっとずっと昔から生き続けていた——

いや、いや。待て待て。

「そんな無茶な。ありえません。信じられませんよ」

だまされないぞ。小指の口車には乗らない。

「まあ、そうだろうね。しかし、はるかな過去から現在までという時間範囲の中で『生まれた瞬間』というものをどうやって決められるのだ」

「だから、それはやはり母親が出産した瞬間になるんじゃないですか」

「そうだな。そうした方が戸籍管理上も、人間の文化、学問的にも扱いやすいからね。だけどそれは人間が『そう決めた』だけの話だ。ということは、そもそも個体が生まれた瞬間などというものは存在しないんじゃないか？　君の生まれた瞬間が存在しないとすれば……」

「ちょっと待ってください……何だかよくわからなくなってきました」

「俗物君、君は『生まれていない』んだよ。『ずっと生きていた』んだ」

「…………」

小指は穏やかな笑みを浮かべている。

僕は何も言えない。何を言えばいいのかわからない。どうしてそんな話をするのだろう。それが事実だとして、僕はどうしたらいいんだ？

「次のクイズにいこう。クイズその二だ」

クイズその二。

「そうだな、さっきが生まれた瞬間だったから……次は死にしよう。人間が死ぬ瞬間はいつだろう」

「そんなもの、生命活動が停止した時でしょう」

「それをどう定義するのだろう」

「ええと。瞳孔が開き切り、心臓が停止し……」

「心臓が止まっても脳が生きているというケースもある」

「では、脳が死んだ時」

「脳が死んでいても髪の毛や爪が伸びることがあるな。体の一部の細胞だけが機能し続けるということはあり得る」

「では、体を構成する全ての細胞が機能を停止した時としましょう」

「ふむ。そうだとすると、例えばドナーに登録していて自分の臓器を誰かに移植した場合はどうなる。自分の臓器は他人の体で生き続けることになる。また、さっきの話の繰り返しになるが、子供を作った場合を考えてみよう。自分の生殖細胞は別の人間となって生きていく。さらにその子供が子供を作っていけば、自分の細胞は次々に受け継がれ、生き続けていくことになる。仮に自分自身がそれを見届けられる状態になくとも、自分の細胞の一部は生き続ける……」

「そんなことを言い出したら、死の瞬間なんて決められないじゃないですか」

「だから、そういうことなのだろう。人間の死の瞬間というものは、決めようがない。必ず死ぬのに、死ぬ瞬間がわからない。ということは、どうなる？」

小指はまた一呼吸置いた。

「人間は、永遠に……はるかな昔から『死に続けている』ということになるんじゃないかな」

「そんな」

「俗物君、君は『生まれていない』し、『ずっと死んでいた』んだ」

小指はニコニコとほほ笑んだ。

これは言葉遊びだ。ただの言葉遊びにすぎない。僕は自分に言い聞かせる。小指の妙な理屈に吸い込まれてしまいそうになる。それが小指の放つ不思議な雰囲気によるものなのか、それとも小指の理屈が実際に正しいからなのかはわからない。

いや、正しいわけがない。

クイズ一の答えは「永遠に生き続けている」

クイズ二の答えは「永遠に死に続けている」

矛盾しているじゃないか。明らかに。

……いや、まさか……生きるとか死ぬとか自体が、矛盾した概念なのか？

「俗物君。この二つの答えが同時に成り立つ理由は単純なんだ。私たちは普段から、ひどく曖昧に『死』や『生』を語っているということだ。何となくコミュニケーションが取れなくなれば、死んでしまったと言って悲しむ。何となく目の前に現れれば、生まれたと言って祝福する。死んでいるとか生きているとか、それはもう雰囲気の問題なんだ。それ以上でも以下でもない」

「雰囲気……」

「私たちは周りの人間と雰囲気を共有しているから、普段はそんなに気にも留めない。しかし世界には色々な人々がいる。例えば、睡眠を死と捉《とら》える民族がいる。彼らにとって眠りは死んでいるのと等しいのだ。眠りとは死。死の世界へ行くこと。もう一度目を覚ます時もあれば、かなり長いこと目を覚まさないこともある。死の世界から帰ってこられるか、それは眠ってみるまでわからない。だから彼らは眠る前に『おやすみなさい』ではなく『さようなら』を交わす……」

なんだそれは。わけがわからない。

「他にも、子供を自分の分身だと捉える民族がいる。その民族では男の子供が生まれると、父は彼を自分そのものだと見なして教育をする。自分が今までに培ってきた技術、知識、記憶、誰にも言えない秘密などを余すことなく伝えるのだ。そして全てを伝えたと確信すると、自ら命を絶つのだ。自分が二人いるのはおかしいからな。自分は子供として生まれ変わるのだ。彼にとってそれは自殺ではなく、肉体の乗り換え……服を買いかえるような程度のものだ。彼の魂は彼の息子、父と同じ名を宿した存在へ受け継がれる」

「はあ……」

「そんな民間信仰もあるんだ、などと考えてはいけないよ。私たちの死生観もまた、彼らの信仰と同じ程度の意味しかないものなのだから。私が言いたかったのは要するに、死とか生とかは単なる迷信に過ぎないってことさ」

小指はまた少し笑うと、左腕をすっと挙げて腕時計を見つめた。

「ここまでが、前置きだ。そろそろ本題に入るとしよう。時間もころあいだしな」

何？　僕も腕時計を見る。時間は午前二時十五分。開催時刻を過ぎている。

「冷え込んできた。皆さんは温かくして私の話を聞いてほしい」

小指があたりに呼び掛ける。

皆さんだって？

僕は目を細めて暗闇を探る。

「思ったよりも少ないが、それでも参加者が来てくれたことは喜ばしい」

小指が僕に小声で言う。

しまった。

見渡せば、漆黒の中にいくつか人の形のシルエットが見える。いつの間に。少し離れた所で座り込んでいる者、茂みの中に立っている者、何人かのグループで遠巻きにこちらを窺っている者。暗くてそれが男か女かすらよくわからないが、ざっと十人ほどの姿が確認できる。

僕が開催中止メールを出したにもかかわらず、やってきた人がいるのだ。

甘かった。

あんなメールだけじゃ足りなかったんだ。開催場所を変えるとか、絶対に参加できないような措置をとるべきだった。

僕は思わず歯ぎしりをする。

誰も全日本自殺大会に参加させず、目撃者のいないままひっそりと小指を殺害するプランはこれで破綻した。

小指はひょっとして僕の企みを知っていたのか？　だからあんなややこしい話をして時間を稼ぎ、僕が気づかないうちに全日本自殺大会が始まっているような形にしてみせた。僕に攻撃する時間を与えないために。そこまで考えて、すべて計算していた？　まさか、そんなはずが……？

「さっきのクイズは、導入として非常によかったと思う。俗物君のわかりやすい反応があったために、皆さんも楽しんでいただけたのではないだろうか。ありがとう、俗物君」

小指はにっこりと笑ってみせた。

周囲からぱらぱらと拍手が聞こえる。これが大会演目の一部だと、参加者は思っているのだろう。僕は奥歯をかみしめながら、ぼんやりと頭を下げる。体を傾けた時に、胸ポケットのナイフが硬く、僕の角度に逆らった。

妹ミサエ

「これが、全日本自殺大会……？」

会場に辿り着いた時、私は一瞬我が目を疑った。

イベント会場なんてものじゃない。ただの暗い海岸だ。それも田舎のキャンプ場から道なき道を延々と歩いた先だから、何の整備もされていない。街灯一つ存在せず、ただ好き勝手に伸びた木と草だけがあたりに並んでいる。

正直、会場まで辿り着けたのは奇跡だと思う。

地図とコンパスと、潮の香りだけが手掛かりだった。近くまで来たところで何事か演説する声が聞こえ、そこからはすぐだったが。

「人、少ないね」

ユッコがつぶやく。

「確かに」

私は同意しながら、兄さんの姿を求めてあちこちを見回す。

人は本当に少なかった。海岸からほど近くに、人影が見える。おそらくはあれが自殺屋なのだろう。静かな空気の中、よく通る、それでいて落ちついた声で何か話している。

自殺屋の背後では穏やかに波がうねり、手前に広がる浜には小石がびっしり敷き詰められている。ここの浜は砂ではなく、石のようだ。石は雲の合間から漏れる月の光を浴びて、かすかにきらめいているように見えた。

浜は、陸側に行くにつれて小石がなくなり、背の高い雑草や、大きな岩が並ぶ空間になる。そのあたりにいくつか人影があった。岩に座っていたり、茂みに立っていたり。誰も自殺屋のそばには行こうとしない。遠巻きに、バラバラに話を聞いているだけだ。

これは自殺するための集会だ。アイドルのライブなどとは決定的に趣旨が違う。積極的に前に出る参加者がいないのも、参加者同士が交流しないのも、ある意味当然のことかもしれない。

「人は少ないけど、でも、やっぱり開催されてるね。ミサエ、やっぱり私の言った通りだったでしょう。あのメール、フェイクだったでしょ」

ユッコが鼻をふんと鳴らしながら言う。

「そだね」

あのメールが何だったのかよくわからないが、確かに全日本自殺大会は実施されているようだ。他の参加者たちも、あのメールを信じなかった人たちということになるのだろう。

この中に兄さんはいるのだろうか。暗くてよく見えない。

(兄さん、今、辛くない……？)

「ミサエ、何か言った？」

「あ、ごめん。いや、何でもない」

「？　そう」

思わず口の中で言ってしまっていた。それは兄さんと私の挨拶。そう言えば、兄さんが答えてくれるような気がしたから。

――ミサエがくれた病気は、とても素敵だよ――


そう、答えてくれるような気がしたから。

落ちつくんだ、私。

そしてよく探せ。兄さんの姿を。

「ユッコ、もう少し前に行かないの？」

「うーん……」

あんなに参加したがっていたくせに。ユッコと私は、自殺屋を正面に見て百メートルほど離れた茂みの中にいた。参加者の中でも一番後ろの方だろう。

「なんか、前の方行きづらいよね」

ユッコが困ったように笑う。

「まあね」

確かに行きづらい。

不思議な空間だった。自殺屋はリラックスした様子で立っている。少し手を広げているようだが、その表情も顔も暗い中では黒い影にしか見えない。おそらく陸の方を向いているのだろうが、海の方を向いているとしても区別はつかないだろう。私たちを受け入れようと手を広げてくれているのか、それとも私たちを拒絶して背を向けているのか。どちらでもあり得ると思わせる雰囲気があった。

自殺屋が立っている位置を中心にして陸と海が分かれている。

陸と海ですら、自殺屋に近づいたらいいのか、それとも遠ざかったらいいのかわからずにいるのだ。だから海がその中に自殺屋を飲みこむこともなく、陸がその上に自殺屋を立たせることもなく、曖昧な境界線の上に、自殺屋を置いている。

異世界から来訪した未知の存在、それが自殺屋。どう扱っていいのか誰にもわからない。だから人々は遠巻きに彼を見守る。彼に引き寄せられるように、それでいて彼を恐れるように。

そんな想像をしてしまうような空間だった。

「ここでいいよ。ここで聞こう」

「……うん」

私とユッコは茂みの中から自殺屋の話を聞くことにした。離れていても、わずかな波音の間を通って自殺屋の声が私たちの所まで届く。

「俗物君。さっきのクイズでわかったろう。生と死がいかに曖昧で、適当な概念なのか」

「はあ。そりゃあ、そうやって細かくいちゃもんをつけていけば、曖昧な部分があるかもしれません。でも、それが何だって言うんですか。小指さんと違って、普通の人はそんなややこしく考えたりしませんせん」

少し低い声が小指さん。少し高い声が俗物君。遠くから二つの声が聞こえてくる。

「しかし曖昧で適当なものなのに、人間はみんな死を嫌がるね。俗物君、どうしてだろう」

「……曖昧だから、ですかね……？　よくわからないから逆に怖いとか」

「私は違うと思う。曖昧なものは他にもたくさんある。曖昧で未知のものを怖がるとするなら、誰も冒険旅行などには出かけられない。しかし現実には冒険家は存在する。極地、高山、未開の地、ありとあらゆるところにチャレンジする探検家がいる。しかし死の世界に行ってみようとする探検家はいない」

「まあ、確かに」

「誰もが死の世界には行きたがらないのに、誰もが最終的には死の世界に行ってしまう。おかしな話だよ。人間は何のために生きているんだ？　もし人間を作った神様という存在がいるとするなら、そいつは何を思って人間にこんな習性を与えたんだろう？」

「習性、ですか」

「神様は人間を、死を嫌がり、何が何でも生きようとし、そのために最大の努力を払うように作った。それでいて最後には必ず努力報われず死ぬように作ったんだ。ひどいじゃないか。どうしてそんな皮肉なシステムにしたんだ？　目の前に命というニンジンをぶらさげられた馬だ。死ぬまで走り続ける。死ぬその瞬間まで生きることを諦められず、走り続ける……」

「僕に聞かれたって答えようがありませんよ」

「私の考えを言ってもいいかい？」

「どうぞ」

「きっと神様には作りたいものがあったんだよ」

「なんですか」

「この宇宙さ」

「…………」

「私たちが生死を繰り返す結果、生まれているものがある。それは、時間だ。時間というものは、状態の変化に等しい。例えば宇宙がまったく何の変化もせず、ただ同じ状態を維持し続けていたとする。するとそこでは時間が停止していることになる。何の変化もなければ時間を計測することができないからね。時間という概念がそもそも存在しないことになる。時間を安定して存在させておくためには、安定して変化し続ける存在が必要になる」

「……まさかそれが、人間だと言うんですか」

「そうだ。正確には、人間もその一つだと言うべきだが。安定して変化を続ける。それはつまり、循環だ。死から生へ。生から死へ。死んだままであれば変化は起きないし、ただ生き続けていてもそれは変化ではない。あくまでも状態を変化させつつ、それを繰り返す。その結果、こうして時間が生まれ、宇宙が存在できている。人間も含む〝生命〟は、生き、そして死ぬことで、永遠に宇宙を存在させ続けようとしている、そう表現できるかもしれない」

「それは哲学か宗教ですね。小指さんがそう考えるのは自由ですけれど、答えなんてないんですよ。実証できないんですから」

「私たちが宇宙を作り出しているのか、それとも私たちが延々と続けている取り組みを『宇宙』と表現するのか、それはわからない。宇宙が存在し続けることに意味があるのかと言えば、大して意味はない、というのが私見だ。しかし実際に宇宙は存在してしまった。だから結果的に、存在を維持する方向に慣性が働いているというところだろうな」

「そんな、見てきたようなことを言わないでください」

自殺屋の演説は二人の人物による対談という形を取っているようだ。「小指さん」と言われた側が自説を展開し、「俗物君」と言われた側がそれに対して批判をしたり、疑問点を口にする。おそらく自殺屋の主張は「小指さん」の側にあるのだろう。しかしその主張を垂れ流すだけでは多くの人は納得しないだろうから、批判し、そして論破される役として「俗物君」が用意されているように思える。

奇妙な形だが、意外と聞きやすい。

「わかりました、わかりましたよ。小指さんの話はもう十分です。そんな話、もううんざりですよ」

「人間の死や生が曖昧な概念だった理由も、二つのクイズの答えが矛盾していたこともこれで説明がつく。要するに、死も生も変わらないんだ。表裏一体、どちらも宇宙の歯車を回し続ける行為。別のことだと考えてクイズを解こうとしていた私たちがそもそも間違っていた。生きることは死ぬこと。死ぬことは生きること。あたかも反対の概念のように生と死を語るからわけがわからなくなるんだ。そう思わせておいた方が命にとって都合がいいのはわかるけどね生の反対は死じゃない」

「生の反対が死じゃないなら、反対は何だって言うんですか」

「生の反対は、生でも死でもないこと。つまり生きも死にもしない、生死という概念の向こう側だ」

意味がわからない。

「意味がわかりません」

俗物君が私の気持ちを代弁してくれた。

何を言っているんださっきから。

これは何かの宗教の演説なんだろうか？　それとも哲学の講義？　自殺のイベントだと聞いてきたはずなんだけど。いや、別に自殺がしたいわけでもないのだが。

私はため息をつく。

しかし、私の横でユッコは瞳を輝かせていた。

兄⚜ミサキ

「私たちはずっと勘違いをしていたんだよ」

小指はゆっくりと、僕に言い聞かせるように話し続ける。

「自殺したい人の中には、色んな人がいるだろう。単純に生きることが嫌いな人もいる。でもこの『生きること』が何を示すのかを正しく理解していなかった。生きることと死ぬことがひと繋がりのことだとするなら――二つ合わせて『生き死ぬこと』とでも言おうか――『生き死ぬこと』が嫌な人は、死ぬだけではその悩みは解決しない。当たり前だね、『死ぬこと』は『生き死ぬこと』の中にあるんだから。単純に死ぬだけでは悩みは解決しない。永遠に『生き死ぬこと』の歯車の中で苦しみ続けるだけじゃないか」

「何ですって」

突然小指がややこしいことを言い始めた。僕はその言葉を咀嚼し、理解しようと努める。小指は何か難しいことを僕に伝えようとしている。

「『生き死ぬこと』は人によっては辛いことだ。中には楽しめる人もいるんだろうけれど、私は楽しめなかったな。何よりも死を恐れながら生きるというのが気に食わなかった。だって、生活がそればかりになってしまうんだ。一生懸命お金を稼いで、ご飯を食べて、病気に気をつけて。そうやって人間の文明が発展してきたのはわかるけれど、それはかりでは疲れてしまうよ。日々、何かに尻を叩かれているようでね」

小指はふうと息を吐く。

「それに人間がことあるごとに命を礼賛《らいさん》し、文明を素晴らしいものだと称賛するのも、見ていてむずがゆかった。必死で『命は素晴らしい、文明は素晴らしい』と自分たちに言い聞かせているように思えてね。本当に命が素晴らしいものだとすれば、わざわざ確認するまでもないじゃないか。わかりきっていることなのだから。人間は本能的に感じているんだよ。命に崇高な意味などないということを。それを認めるのが怖いから、事実から目を逸らして見ない振りをする。それを認めたくないから、命は大切だと謳《うた》う創作物を大切にする。私にはそんな風に感じられてしまってね」

これは小指の正直な気持ちだ。

人を騙したり、説得したりするための演説ではない。飾らない、彼の正直な気持ちだ。Kや、検算君や、ガリガリ君や、ヘシオリ君や、紫。彼らと同じような、素直な世界に対する感想。

「宇宙のために一生懸命生きていくなんて、私には向いてないんだ。私はもっとシンプルでいい。生とか死とかそんなものに振りまわされずに、一人でゆっくり考え事をしていたいんだよ」

小指はゆっくりと僕から視線を離すと、遠巻きにして聞いている参加者たちを見る。

「今日ここに集まってくれた参加者の皆さん。皆さんも私と同じだったりしないかな。単純に生きるのが嫌なわけじゃないだろう？　そうだったら普通に自殺してもらって構わない。簡単な話だ。だけど、中には普通に自殺しても悩みが解決しないような気がしている人はいないか？　生きるのは嫌だけど、死ぬのも嫌な人は？　その感覚は多分正しい。正確にとらえよう。それは生きるのが嫌なんじゃない。生きるのも死ぬのも嫌なんだ。つまり『生き死ぬこと』から離れたいんだ。生命の本質とも言える役割、宇宙の維持。そのために私たちは生まれてきた。だけどその役割を放棄したい。私たちの自殺衝動とはつまり、そういうことなんじゃないか？」

小指の声が少しずつ大きくなる。しかしその響きは優しく語りかけるようだった。

「人間は進歩した。思考が本能を越えつつある。だから『生き死ぬこと』に対しても不満を持つようになった。本来、これは生物が考えてはいけないことだろう。その発想は自己の存在に対する矛盾なのだから。だけど、私たちはそれを考えるようになった。当然自殺の方法もそれに合わせて進歩しなくてはならない。今まで通りのやり方じゃダメだ。今日はその方法をみんなで実践したいと思っているんだ。これから方法を説明する」

小指の話に何人かは賛同しているらしい。いくつかの人影がゆっくりと近づいてきた。小指が自分の悩みを解決してくれるのではないか。そう期待して歩み寄るいくつもの影。

まずい。

こいつ、自殺を扇動するつもりだ。

「小指さん！」

とにかくこの流れを止めなくては。

「大きな声を出してどうした、俗物君」

「違いますよ」

「何が違うんだい」

「小指さんの話はわかります。そういう悩みを感じていることもわかりました。同意できるわけじゃないけど、何となく理解はできますよ。小指さんみたいにすらすらと説明はできませんが、僕だってそういう感覚を持ったことはあります。でも！」

「何だい」

「そんなこと言ったってしょうがないじゃないですか。人間の生命がただ宇宙を支えるだけのものだって悲観したって、意味がありません。そんなの、子供っぽいわがままですよ」

小指は僕を静かに見つめている。僕は叫び続ける。

「大人になりきれない子供が振りまわす理屈です。いいんですよ。『生き死ぬこと』、仕方ないじゃないですか。それを受け入れるしかないんですよ。受け入れて、向き合って、そこから始めるしかありません。自分は生物なんですから、生物というくくりの中で最善を尽くして生きるしかないじゃないですか！」

「俗物君、自殺志望者だった君がそんなことを言うとはね」

「それは！」

「確かに人間の存在意義を受け入れて、聞き分けのいい『大人』になるというのも一つの解決策だろう。しかし、別の選択肢もあっていいはずだ。人間として生き、人間として死ぬことから脱却するという解決策だ」

「そんなこと、できるわけがありません！」

「できるよ。私を信じてくれ、俗物君。朝ご飯にパンとご飯、両方が選べる」

「小指さん！」

小指は僕に掌を向けて黙るように促すと、続けた。

「私は人間を信じているんだ。死とか生とか、そんな矮小《わいしょう》な問題に私たちの心が左右されるだなんて、おかしいじゃないか。私たちはもっと大きな存在になれる。私たちの心はもっと自由で、もっと広く、もっと創造的になれる。つまらない悩みから解き放たれて、自由な思索の空間に飛び出せるはずだよ」

小指……。

お前の口から人間を信じているなどという言葉を聞くとは思わなかった。でもお前の行いは、人間という種を滅ぼそうとしているようにしか思えない。何のかんのと理屈を並べて、結局のところ自殺させるんじゃないか。ただの自殺扇動者だよ。理想論を言っているように見えるけれど、危険な殺人鬼とちっとも変わらない。自分が良いことをしていると考えているあたりが、特に厄介だ。

「危険すぎます！」

僕の心が冷たく凍りついていく。胸ポケットに手を入れて、ナイフを握る。止めなくてはならない。こいつをなんとしても。

「生や死から脱却するために自殺するって言うんですか？　おかしいですよ。死から脱却するための方法に死を用いるなんて、矛盾しています！」

「正確に理解しよう、俗物君、正確にだ。俗物君の言うことは正しい。ただ自殺するだけではダメだ。自殺した肉体は別の生命の餌となり、その一部として再構築され、再び生きる苦しみが始まる。そうではない。『死のうとして』自殺してはいけない。それは生と死の終わりのない循環から脱却することにはならない。『生きようとして』自殺してもダメだ。ではどうすればいいか？　そういう発想を捨ててしまおう。生きるだとか死ぬだとか、そういう概念を捨ててしまおう。私たちは生きもしないし、死にもしない。そういったものとは無関係の存在になるんだ。『生きるためでも、死ぬためでもなく』自殺をしよう」

「何を言っているんですか？　わけがわからない」

「大丈夫だ。私の話をよく聞いて実行すれば、そんなに難しいことでもない」

小指は大きな声をあげて続ける。この会場に集まった全ての人に対して訴えている。

「手を離すんだ。自分の体から。私たちはこの体と一緒に生きていると思い込んでいる。体から分かれる時は、死んだ時だと本能的に思い込んでいる。だけどそう思い込む必要なんてないんだ。その呪縛から自由になろう。簡単だ。気づけばいいんだ。私たちの心は、肉体の生死と無関係に存在しているものだと。まずはそう自分に言い聞かせよう。そして次第に、それが当たり前のことだと思えるまで心に刻み込もう。やがて、思考は最初から肉体と無関係に存在していたと、そう思い出すような感覚になるだろう。思考の力で本能を超えるんだ。できるはず。人間には、それだけの能力が与えられている。最初は意識して、いつか無意識に違和感なくそう考えられるようになった時――」

小指は両手を天に挙げた。

「私たちは、生も、死も超えるんだ。その時自分の死体を見下ろすことになる。目の前に転がっているのは、さっきまで自分が入っていた入れ物。だが、何の悲しみもないはずだ。なぜなら私たちは死を超えたのだから。肉体の生死と関係のない存在になったのだから。これは人間の新しい進化だよ。四足歩行から二足歩行になった時、手が使えることで世界が驚くほど広がったはずだ。最初に二足で歩きはじめた先祖たちはさぞ、怖かっただろう。でも彼らの勇気のおかげで今の私たちがある。私たちも人類の進歩のため、勇気を振り絞ろう。生死という前足、それまで地についていたのが当たり前だったその足を、思い切って地面から離すんだ。全ての足が大地から離れ、私たちは真に自由になり、空に遊ぶ」

あちこちからぼそぼそと声が聞こえる。

「できるのかしら」

「どうやって」

「できないよ」

「やりたいのに」

参加者たちが小指の話を真に受けて、やろうとしているのだ。生きるためでも死ぬためでもない自殺を！

僕は圧倒されてしまい、言葉が出せない。

小指は声をあげて参加者を鼓舞する。

「みんな、できる。できる！　私たちにはできる。弱気になってはいけない。いいか、これは自殺であって自殺ではない。この方法は困難を極めるだろう。しかし何事も先駆者は苦労すると決まっている。それに考えてごらん。『生き死ぬこと』が嫌になったこと自体が、私たちの思考が本能を超えはじめたからだとは思わないか。思考が本能を超えられなければ、そもそもそんな考えに行きつけはしない。それはつまり、思考が本能を超えうるという証明じゃないか。思考が本能を超えることができると証明されているのだから、この自殺も十分可能だ、これは論理的に明らかだ。さあ、怖くはないよ。みんな一緒だ。行こう。私が先陣を切る。新しい世界へ、行こう！」

僕が圧倒されているのは、小指の理論の正しさを認めたからではない。小指の主張している方法が凄まじいものだからだ。小指が言っていることは、無茶苦茶だ。生きているという感覚を捨てることで、生死という概念を忘れ去ることで、肉体から自由になる……つまり自殺しようと言っているのだ。

肉体の生命活動を止めることで自殺するのではない。あくまで意思の力で、心の力で、信念の力のみで自殺しようとしている。心が肉体を超える。肉体から手を離して心だけの存在になる。それが人間にはできると。それをやってのけた時、生死から人間は自由になると言っているのだ。

生きるためでも死ぬためでもない自殺。

朝ご飯にパンとご飯両方を選ぶような自殺方法。

だが、そんなことができるわけがない。

絶対に。

ありえない！

「この世界には『生き死ぬこと』に悩み、苦しんでいる人がたくさんいる。私たちも例外ではない。そんな中、私たちが生死から自由になることができれば、他の人々も私たちの後に続くだろう。そうすれば私たちは、たくさんの人々を救うことができるんだ。人類の新たな発展の扉を開くことができるんだよ。今まで私たちが悩んで、苦しんできたのは今日この日のためだったとも言える」

人類全員を自殺させるというのは、そういう意味だったのか。

僕はあたりを見回す。賛同して立ちあがっている者、何事か一生懸命考え込んでいる者、疑念を顔に浮かべて座っている者。反応は様々だったが、小指の言う自殺を実行できた者はいないようだった。

いつの間にかかなり時間が経っていたらしい。水平線から太陽が顔を出しつつある。黄金色の光線が海を照らし出し、浜を光り輝かせている。

きらきら、きらきら。

グラスビーチの色とりどりのガラス玉が輝く。透明、緑、茶、赤、青、オレンジ、紫。色は混ざって重なりあい、新しい色を作り出したかと思えばまた波間に揺れ、七色の光を地上から吹き上げる。

僕は小指に近づく。

「小指さん。無理ですよ」

「俗物君」

「肉体から心をひきはがす、そんなことができるわけがありません。人間には不可能です。唯一それができるとしたら、やはり死んだ時だけです」

「そんな思い込みに負けているから、君は俗物なんだ。その先に大いなる自由が待っているんだよ」

「……僕はずっと、思っていました」

僕は胸ポケットから取り出したナイフを掲げ、小指に向けた。

浜で輝く透明の色たちが、ナイフの銀色の表面に反射する。

小指は予想していたとでも言わんばかりに、笑みを浮かべている。

「小指さんの考え方は、やはり間違っています。危険すぎるんです」

僕はさらに一歩、小指に近づく。

「俗物君」

「小指さんの考え方。……それは、人間には許されない発想です」

さらに一歩。もう手を突きだせば、小指の心臓に届く距離だ。小指はそこまで僕が詰め寄っても、動揺を見せなかった。

浜の石はさらに明るくなった朝陽を反射してミラーボールのように輝き、小指の顔にスポットライトを当てる。眩しい。虹色の光の中で視界がゆらいでいるような気がする。目の前に立っているはずの小指が、蜃気楼《しんきろう》のように儚く見える。それでも僕は小指にナイフを刺さなくてはならない。小指を消さなくてはならない。目を細めて、僕はナイフの狙いをつける。

目指すは心臓だ。

できれば苦しませないよう、一撃で。

「俗物君……」

「小指……ざん」

自分の声が濁ったことで、僕は初めて自分が泣いていることに気がついた。どうして。わけがわからず一瞬混乱する。どうして僕は泣いているんだ。何も悲しいことなんてなかったはずなのに。

「私は、向こうに行く」

ゆがんだ視界の中で、小指がにっこりと優しく微笑んでいるのが見えた。

何だよこれ。小指は、僕に何か魔法でもかけたのか？

ここで僕が泣くなんて。そして小指が笑うなんて。気持ちが悪い。どうなっているんだ。

こんなものに惑わされてたまるか。小指、僕はお前を……。

僕はナイフを握る手に力を込める。

目の前の小指がゆっくりと倒れた。

妹❀ミサエ

音はほとんどしなかった。

きらきらと輝く海を背景に、そこで演説をしていた人影が倒れ伏した。

何が起こったのか。

わからない。

息を呑むユッコを置いて、私は駆けだした。

兄⚜ミサキ

小指は、やったのか？

僕は刺していない。刺す前に小指は倒れた。

意思の力だけでの自殺を、生きるためでも死ぬためでもない自殺を、やってのけたのか？

先陣を切ると言っていた。向こうに行くとも言っていた。その言葉通り、心で肉体を超え、その結果倒れた……？

涙のせいだろうか、僕の目に映る世界はぐにゃぐにゃと歪んでいる。上下が逆になり、左右が曲がり、変な薬でも飲んだかのようにうねり始めた。グラスビーチの光が、ひどくまぶしい。平衡感覚が保てず、僕はへたり込む。握力を失った手からナイフが滑り落ち、海水に沈んだ。

気持ちが悪い。目の前がぐるぐる回っているようだ。自分と世界との境界線が曖昧になっていく。それでいて何だこの現実感は。ついさっきまで夢の世界にいて、今目が覚めたようだ。海の音も、太陽の光も、ガラス玉たちの輝きも、へたり込んだ浜の感触も、全てが圧倒的なリアリティで僕の全身を刺激してくる。

小指はすぐ目と鼻の先に倒れている。

小指は死んでいる。なぜかそれがはっきりとわかる。

安らかな顔で死んでいる。その死体は放っておいたら海と陸の境目ですうと溶けてしまいそうだった。

吐き気をこらえながら僕はあたりを見る。周囲の人々は僕たちの方を心配そうに眺めていた。小指のように、意思の力だけで自殺を成し遂げた者はいないようだ。そりゃそうだ。そんなこと、できないに決まっている。できるとしたら、この小指くらいのものだ……。

足音がする。

遠くから、激しく地面を蹴りながら、猛烈な勢いで近づいてくる。

女の子だ。

どこかで見た覚えがある。

必死の形相で走り寄ってくるその女の子の後ろから、別の女の子が声をかけている。

「ミサエ！　どうしたの！　待って！　待ってよ、ミサエ！」

ミサエ？　ミサエ。ミサエ？　ミサエ。

聞いたような、名前だ。

僕は知っている。走ってくるこの子のことを知っている。

思い出せ。思い出すんだ。

ミサエと呼ばれたその女の子は脇目も振らずに走り続け、そして僕のすぐそばまで来ると、泣きそうな声で叫んだ。

「兄さん！」

そして、倒れた小指の体にすがりついた。

「兄さんっ！」

小指の体を抱いて泣きわめくそのミサエという女の子を、僕は呆然と眺めながら……。

意識を、失った。

終章　生きるための死なない自殺　俗物編

妹❀ミサエ

兄さん。兄さん。兄さん。兄さん。兄さん……。

兄さん。

私は、何度兄さんに呼び掛けたのかわからない。

ここまで来たのに。ここまで辿り着いたのに、兄さんが死んでしまうなんて絶対に嫌だった。絶対に嫌だった。だから何度も何度も呼びかけた。

何度目のことだったろう。

私の呼びかけに、兄さんが目を開けたのは。

兄さんは何が起きたのかわからないという顔で私を見ていた。

その兄さんを、私は抱きしめた。

力いっぱい、抱きしめた。

兄✤ミサキ

しばらくの間は、あの時感じた吐き気が抜けなかった。

自分が立っているのか寝ているのかもわからず、何度もトイレに行っては何かを吐こうとした。吐くものなど胃の中にはないのに。そして光がやけにまぶしくて、床がやたらと硬く感じて、とにかく居心地が悪かった。

やっと、これが現実だということを理解できたのはここ最近のことだ。

あの全日本自殺大会から何週間かが過ぎていた。

妹❀ミサエ

こつんこつん。

私は小さくノックをする。

「兄さん、入るよ」

「うん」

かすかな声で返事があった。私は音をたてないように扉を開く。

「何か食べないと体に毒だよ」

兄さんはベッドに横たわっていた。目は少しだけ開いている。そこに宿る光はかすかだが、それでも確かに意思を感じる光だった。私はスープの載ったお盆をベッドのそばのテーブルに置く。

「うん」

兄さんはぼんやりとしながら、それでも小さく返事をしてくれる。

「大丈夫？　眩しくない？」

私はできるだけ小さな声を出して兄さんに聞いた。窓が開け放され、暖かな春の日差しが入ってきていた。いつもカーテンを閉めるようにしているのだが。

「大丈夫。……外が見たいんだ」

「無理は、しないでね」

大きなショックを受けたのだろう。兄さんは小さな刺激にも過敏に反応するようになってしまった。大きな声も、世界の光も、空気に含まれているかすかな香りすら時として辛そうにする。

「ゆっくりでいいんだからね。生きてさえいれば、いくらだってやり直せるよ」

「……うん」

でも私は嬉しかった。

兄さんが生きて、戻ってきたのだ。

それに少しずつ、回復もしている。

「……ミサエ」

「ん？」

「ありがとう」

私はほほ笑む。

最初は私が妹のミサエだということすら、忘れていたのに。

呆然と天井を見つめている兄さん。その兄さんの隣の椅子で私は文庫本を開く。兄さんがいる。

私の兄さんだ。

私の、兄さんだ。

兄✤ミサキ

ミサエが僕の妹だということは、何となく思い出せてきた。いや、受け入れられるようになってきたと言うべきか。僕の中にミサエと一緒に過ごした記憶はほとんどない。

小指が一緒に持って行ってしまったのかもしれない。


僕は考える。

あの時、あのグラスビーチでの感覚を思い出す。

目の前に立っていたはずの小指が、急に倒れた。同時に自分が倒れているのを感じた。

唐突にそう感じたんだ。遅れて背中に地面の感触がやってくる。倒れたことに気がつく前に、地面の感触がこんなに重々しいことに驚いた。

それから視界がぐるぐる回った。

自分を色々な角度から見ているようだった。たくさんのカメラが僕と小指を映しだしていて、そのカメラが次々に切り替わる。僕の後ろ姿だとか、小指の目が見ている光景だとか、普通だったら見えるはずのない映像がいくつもいくつも襲い掛かってきて……。僕はそれに気がついた。

変だ。何か変だ。

どうして今まで気がつかなかったんだろう。記憶に霞《かすみ》がかかっていたような感じ。そう、まさに夢の中にいたような気分だ。

あのビルの屋上で会ってから、僕は小指とずっと一緒に行動していた。一度も別行動を取ったことがない。僕は食事をしたっけ？　一度もしていない。トイレには？　行かなかった。眠ってすら、いない。

小指の姿がはっきりと思い出せない。どんな顔で、どんな雰囲気で、どんな体格だったのか。必死に集中すれば思い出せる。その姿が浮かんでくる。そうすると今度は、僕の姿が思い出せなくなってしまう。鏡で見ただろ、あの顔だよ。そう言い聞かせてもダメ。それでも努力すれば思い出せる。でも僕の姿が思い出せそうになると、今度はまた小指の姿がどうしても思い出せなくなる……。

そう。今まで僕の目に、小指と僕の姿が同時に映ったことはなかった。

どちらかだけがいた。

言葉を発するのも必ず片方だけ。やり取りをする時は同時に発言はしない、交代しながら。第三者と話している時もそうだ。Kと話していた時を思い出す。Kは僕を見たり、小指を見たりしていた。でもよく思い出すと、Kは視線を変えていなかった。まっすぐ僕だけを見ていた。変わっていたのは僕と小指の方。

そういうことなんだ。きっと……。

僕は体を動かしてみる。腕を曲げて、肩を曲げて、右手を自分の目の前に持ってくる。筋肉が曲がる感覚はひどく窮屈で、僕は歯を食いしばる。

その手の端っこにちょこんとくっついている小指は、外側にぐいと曲がっていた。


小指という人格が僕の中に生まれたのは、はたしていつの頃からだったのか。

いや、それは違うな。

最初は小指という人格だけが僕の中にあったのだ。

あのビルの屋上で初めて小指に出会った日。きっとあの日、俗物君が……僕という人格が小指の中に発生したんだ。

…………。


僕はミサエの作ってくれたスープに箸を突っこみ、先端に液体を付着させてはなめる。かなり味は控えめになっているが、それでも鮮やかな感覚が僕の舌を刺し貫く。痛いほどに。

この感覚の鮮烈さ。まるで今まで僕の五感には何か薄い膜が張っていて、僕を直接の刺激から守ってくれていたよう。これはつまり、僕がこの肉体の「主」ではないということだろう。僕はまだ、この体を操縦し慣れていないんだ。

主は小指。

あいつがずっと生きてきたんだ。この体で、生きてきたんだ。

あんなに敵意を感じる存在だった小指のことが、今はとても近しく思える。

小指……。

思えば小指は、僕のことをどう捉えていたんだろう？

僕は小指と出会って過ごした、ここ数カ月のことを思い出す。

今なら彼が理解できるような気がしていた。

独特な人間だったな。

常識や倫理感なんて最初から持ち合わせていない。しかし分析力や行動力はある。自分の好奇心に対してはひたすらにまっすぐ。純粋で、不器用で、神経質で、傷つきやすくて……人間らしい部分と、神がかった部分とが同居していた。

独自の考え方を持っていた。グラスビーチで長々と聞かされた理論を思い出す。悩み、苦しみ、その果てに小指はあの結論に達したんだろう。人間の可能性を信じてもいたし、生命というものの限界を感じてもいた。前向きなのか、悲観的なのかよくわからない。

……小指は迷っていたんだろう。

ふとそう思う。小指は自分のやっていること、やろうとしていることが正しいのかどうか迷っていた。今ならよくわかる。時々自信を喪失したり、元気をなくしたりしていた。あいつ自信満々なくせに、意外と打たれ弱いんだよ。

小指は自分の頭脳を信じていた。しかしその分だけ、自分が暴走していないかどうか、不安を抱いていたように思える。小指のことを客観的に見て、批判してくれる存在を必要としていた。

だから、小指は僕を生み出した。小指の不安や、自己を否定する心が別の人格となって凝固したのが、僕なのだろう。

僕は小指の幻想で、小指は僕の幻想だった。

僕が最初自殺したがっていたのは、小指もろとも自分を葬りたかったから。その感覚の延長線上で、僕は小指に敵意を感じ、殺したいとまで考えるに至った。そして小指はそんな僕をずっと、おそらく最後の瞬間まで、必要としていた。

小指のことだから、僕が単なる別人格であると、とっくに気が付いていただろう。さぞかし驚いただろうな。突然別の人格が現れて、小指に対して色々と文句を言い始めたのだから。

でも、小指は僕の真実に気付いていながら、利用した。僕を使って計画を実行する勇気を手に入れ、自己を客観視する手段を得て、彼の計画は進み始めた。言っていたじゃないか。

——俗物君がいてくれさえすれば私の計画もうまくいく気がする——

あれは、そのままの意味だ。

僕が妨害しようと、反対していようと関係ない。僕の存在自体が、小指の計画を後押ししていたのだ。

……はあ。

僕はため息をつく。

小指。あんたは本当に、変な奴だな。

お前が一番、精神異常者じゃないか。

笑いが漏れそうになる。

自分の精神異常、それさえも自分の計画を進めるための手段として受け入れて、僕と一緒に生活して、そして一人だけ死んでしまうなんて……。

なんというか、本当に凄いよ。

僕が絶対にできないと思った、意思の力だけでの自殺を、彼はやり遂げた。そして小指だけが消え、この肉体には僕だけが残った。主の人格が消え、主の一部から生まれた別人格がその座におさまった。

だけど小指の考え通りには世界は動かなかったな。

全日本自殺大会に集まった人の中には、小指の思想に賛同した人もいた。小指と一緒に生死という概念を捨てて、新しい世界を見たいと思った人もいた。だけど誰も、意思の力だけでの自殺を成し遂げられなかった。先陣を切った小指に、続ける者はいなかったんだ。

ミサエと一緒に来ていたユリコという女の子も、無理だった。それができないのが悔しいらしく、大泣きしていたっけ。それでもできなかった。当然世界中の人が小指の後に続くわけもない。小指の提唱した理論は、小指とともに消滅した。

まあ、そりゃそうだよ。

小指は、色々な意味で特殊な人間だったんだ。

真似のできる人間なんかいない。

…………。


「兄さん、少し外に出てみない？」

「…………」

「今日は曇りだし、静かだよ。たまには外に出てみたら楽しいかもよ」

「……うん」

僕は車椅子に乗り、ミサエに押してもらって外に出る。情けないことだが、地面の硬さが気持ち悪くて一人ではまだ出歩けない。ゆっくりと押してもらう車椅子ですら、気を張っていないと酔ってしまいそうなくらいだ。この肉体の運転に慣れるためには、まだまだ時間がかかるだろう。

ミサエは僕に時々話しかけながら、ゆっくりと近所を散歩する。

兄妹。

「兄さんが生きていてくれてよかった。本当によかった」

「……ありがとう」

ミサエは僕が生きていてくれてよかったと、何度も口にする。何度も何度も、毎日、口にする。

ふと僕は思う。

もし僕が死んでいたら、ミサエはひどく悲しんだだろうなと。

…………。

小指はそれを、知っていたはずだ。

ミサエと今まで過ごしてきたのは、小指だ。当然たった一人の家族、ミサエのことは気がかりだったろう。人間が死ねないのは、死が怖いだけじゃない。愛する人を残して逝くのが嫌ということもある。どんな人間だって、誰かと関わりを持って生きている。その人の顔が眼前にちらつけば、意思の力での自殺など不可能だろう。

小指。お前だけは違ったんだよな。

小指が死んでも、僕が残る。

小指の体は僕となって生き続ける。

ミサエを一人にすることはない。

一人だけ命を二つ持っているようなものじゃないか。

ずるいよ。

お前が言っていた、「計画を実施する勇気」というのは……本当は自分が死んでもミサエを一人にすることはないという、安心感だったんじゃないのか。

氷のように冷静で、感情よりも理論を優先するお前でも、ミサエのことは心配だった、そうじゃないのか。だとすれば小指が意思の力で自殺できたのは、小指の意思が強かっただけじゃない。僕を生み出せたからだ。他の参加者はそんなことはできなかった。死んだ後も肉体を動かす人格を作り出すことなんてできなかった。

そういうことだろ？

小指の顔が、見えるような気がした。

結局、何もかも計算通りだったってわけだ。僕はお前の掌上《しょうじょう》で、最初から最後までずっと踊らされていた。ちょっと腹が立つよ。

……小指はもういない。僕の問いかけに答える存在はいない。

それでも僕の想像の中で、小指がニヤニヤと笑っているような気がした。

「兄さん」

「……ん？」

「ほら、飛行機雲」

僕は空を見上げる。

小指は今頃、どうしているのだろう。あいつに限って、ただ消滅しただなんて考えられない。肉体を超えた永遠の存在として、生死から解き放たれた環境で好き勝手なことをしているのだろうか。小指の理論通りに、新しいステージに立った新人類として、僕を笑っているんだろうか。

――宇宙のために一生懸命生きていくなんて、私には向いてないんだ。生とか死とかそんなものに振りまわされずに、一人でゆっくり考え事をしていたいんだよ――


そう言っていたな。

意外とのんびりと、どうでもいい考え事をしているのかもしれない。

「雨が降りそうな空だね」

「そうだね。何だか黒い雲が湧いてきた」

「……兄さん、昔よりよく話すようになったね」

「え？　そうかな」

僕はミサエを振り返る。ミサエは少しほほ笑んでいた。

「うん。本当に話すようになった。前はあんまり、お話ししてくれなかったよ」

「そうだったかな」

「うん。ねえ、あのさ……」

「ん？」

「兄さん、今、辛くない？」

その言葉を聞いて、僕は一瞬固まる。

ミサエの表情が少し不安そうに見えたから。

「大丈夫だよ」

僕は答える。

「…………」

ミサエはしばらく僕の顔を見て沈黙していた。その目の奥にある感情が、僕にはわからない。何かまずいことを言っただろうか。僕はそんなに、辛そうにしているのだろうか。

困ってしまい、僕は笑いかけてみせる。それを見て、ミサエも小さく笑った。

ごめんな。心配かけて。

僕はミサエがもう一度顔を上げて空を見る。

ミサエの視線の先を追う。

飛行機雲は少しずつ、尾の方から拡散をはじめていた。やがてすっかり空に溶けてなくなるだろう。

僕は僕でいい。

僕は俗物君でもいい。

僕は小指が残した、この世界で生きようとする意思そのものだ。

お前がそっちで楽しくやっているのなら、僕はこっちで楽しく生きていくよ。

それでお互い幸せだ。

そうだろう？

「……そろそろ戻ろうか、兄さん」

「うん」

「あ、ちょっと。危ないよ。気をつけて」

「うん。……大丈夫」

歩いてみたいんだ。自分の足で。

僕は生きていきたいんだ。

そのために僕は『小指を自殺させた』のだから。生きるために。死なないために。

僕は僕の中の別の人格を自殺させたんだ。

僕は、生きるための死なない自殺をしたんだ。

これが、僕の自殺だった。

だから地面を感じて、一歩でもいいから踏み出してみたいんだ。

僕は車椅子の上の自重を少しずつ前に動かしていく。怖い。でも大丈夫だ。僕にはできる。きっと……。

足には血が通っていないような気すらしたけれど、地面についた瞬間に懐かしい感触が蘇《よみがえ》ってきた。そうだ。この地面に立って、僕は生きていく。ちっぽけで、生と死に振りまわされるそんな存在だけど、確かに生きていく。

「兄さん」

「ふふ」

久しぶりに立った地面は、とても硬くて。

何だか温かかった。
僕は笑った。

本作は二〇一二年一二月幻冬舎より刊行されたものに加筆、訂正した新装版です。
本作品はフィクションです。実際の人物や団体、地域とは一切関係ありません。

作家活動10周年! ――――

――― 二宮敦人

「自分は正しい」
そう思っている人の
心にある狂気。

この物語の結末
きっとあなたは
この真実に
耐えられない

――― 二宮敦人

鍵は古来より伝わる風土病？
村の壮絶な過去を知る時、
日本中が「鬼」の恐怖に侵される！
驚愕の真相を掴み、
あなたはこの物語から抜け出せるか!?

たった一度のウソで
人生の全てが

崩れ落ちる

心が追い詰められて
壊れた人に
興味がありますか？

累計
45万部
突破！
最後の医者シリーズ
著者が放つ
衝撃のサスペンス！

TO文庫　定価：本体700円＋税
ISBN978-4-86472-880-5

二宮敦人、作家活動10周年!

二宮敦人、作家活動10周年!

二宮敦人、作家活動10周年!

二宮敦人
最後の医者は
雨上がりの空に
〈上〉
君を願う
映画化企画、
進行中!
シリーズ累計
45万部
突破!
なぜ、人は
絶望を前にしても
諦めないのか?
TO文庫
イラスト:syo5